CONTENTS

And you thought
there is Never
a girl online?

DESIGNED BY AFTERGLOW

온라인게임의 신부는 여자아이가 아니라고 생각한 거야? ♡

And you thought there is never a girl online?

키네코 시바이 지음

Hisasi 일러스트

이경인 옮김

LV. **15**

프롤로그

"마음속으로는 쪼옥 하고 있어요!"

And you thought there is Never a girl online?

레전더리 에이지의 플레이어 캐릭터는 아바타로서는 그리 우수하지 않다. 문자 채팅은 보낼 수 있지만 음성은 보낼 수 없고, 현실처럼 세밀한 조작도 못한다. 표정도 정해진 패턴만 마련되어 있다.

커뮤니케이션이라는 의미에서는 현실보다 훨씬 제한이 많을 것이다.

하지만, 현실보다 편리한 부분도 확실하게 있다.

그것이 『감정표현 기능』이라는 녀석이다.

머리 위에 음표 마크를 띄우거나, 『!』 마크나 『?』 마크를 표시하거나, 분노 마크로 불쾌함을 표현하는 등, 현실보다 간단하게 자기 마음을 표현할 수 있다.

이런 부분이 우수해서, 자신의 감정을 간단하게 어필해주니까 얼굴이 보이지 않더라도 충분히 마음이 전해진다.

바쁜 전투 중에는 채팅을 칠 수고를 덜 수 있어서 나도 자주 쓴다. 전투 중에 커다란 식은땀 마크를 띄우면 진짜로 위험하다, 라거나 말이지.

그렇게 편리한 감정표현이지만— 실은 때때로 곤란한 일도 생긴다.

이건 어느 날 사냥파티에서 있었던 일이다.

◆LAX : 잠깐 상담할 게 있는데, 들어주지 않을래요?

양손 도끼술사인 LAX 씨가 흰 수염을 흔들며 말했다.

마침 파티 멤버 중 한 명이 화장실에 간 타이밍이었다. 잡담을 하는 김에 나온 말이겠지.

참고로 LAX 씨라고 쓰고 라크로스 씨라고 읽는다고 하는데, 다들 그냥 락스 씨라고 생각하고 있다.

◆이가스 : LAX 씨, 무슨 일이에요?

◆유윤 : 다음에 올릴 스킬이라든가?

파티 멤버 두 사람이 묻자, LAX 씨는 고개를 좌우로 흔들었다.

◆LAX : 최근에 우리 길드에 들어온 클레릭 말인데요.

◆루시안 : 뭔데? 엄청 초보자야?

◆유윤 : 그건 네 신부겠지.

◆루시안 : 무례하네.

아코는 초보자가 아니라고. 그냥 잘하지 못할 뿐이지, 플레이 경력은 길단 말이야.

……아무런 위로도 되지 않지만!

◆루시안 : 그리 잘 어울리지 못한다거나?

◆LAX : 아뇨, 오히려 친하게 지내고 있어요. 로그인하면 개별 채팅을 보내오고, 내가 앉으면 반드시 옆에 오고…….

◆유윤 : 그거 러브러브잖아요, 싫어~!

◆이가스 : 그럼 무슨 문제가?

◆LAX : 문제라고나 할까, 저기……

LAX 씨가 내 쪽으로 고개를 돌렸다.

◆LAX : 루시안 씨는 결혼했죠?

◆루시안 : 응? 아아, 응. 했는데.

확실히 게임 안에서는 결혼했다. 현실에서는 안 했어, 현실에서는.

거기, 끈질기다고 하지 마.

◆루시안 : 그게 어쨌는데?

◆LAX : 좀 묻고 싶은데요…….

LAX 씨는 조금 뜸을 들인 뒤―.

◆LAX : 하트 감정표현이나 키스 감정표현은, 무슨 생각으로 보내는 건가요?

머리 위에 하트 마크를 띄우고, 옆 공간에 얼굴을 들이미는 동작을 하면서, 그렇게 물었다.

옆에 있는 사람에게 키스를 하는 듯한 동작이라 키스 감정표현, 생략해서 키스 표현이라고 부르는 움직임이었다.

하트를 띄우는 감정표현도, 키스 감정표현도, 부부 플레이어가 자주 쓰는 연애계 감정표현이다. 우리 아코도 자주 하트를 날린다.

하지만 무슨 생각이냐니, 그냥 그대로의 의미 아냐?

◆루시안 : 무슨 생각……이냐니?

◆이가스 : 그 클레릭이 하트나 키스 감정표현을 보낸다는 건가요?

◆LAX : 그렇다니까요.

LAX 씨가 고개를 무겁게 끄덕였다.

◆LAX : 같이 앉으면 때때로 하트 감정표현을 보내고, 요전에는 저를 향해 키스 표현을 보냈는데…… 무시하니까 화를 내더라고요.

◆루시안 : 흐응~.

◆유윤 : 부러운 듯도 하고, 짜증나는 듯도 하고…….

유윤의 신부는 알맹이가 남자니까, 하트 감정표현을 해도 미묘하지.

◆이가스 : 그래서 곤란하다는 건가요?

◆LAX : 곤란하다기보다는, 무슨 생각인지 알 수가 없어서요.

LAX 씨는 그 자리에서 무릎을 꿇고 머리를 감싸 쥐었다.

◆LAX : 옆에 딱 달라붙어서 하트 감정표현을 연타하고, 사람이 없어진 타이밍에 키스 표현을 보낸다고요. 이건 좋아한다는 건가요? 아니면 단순한 친한 사이 어필인가요? 진심이라고 생각해야 할지, 그냥 감정표현인지 잘 몰라서요.

◆유윤 : 왜, 왜 그럴까요?

어, 어려운 질문이다!

확실히 애정 어필에 쓰는 감정표현이긴 하지만, 그렇다고 연애감정이 있다고 확정하기에는 근거가 희박해!

고민할 만하겠어!

◆LAX : 결혼한 루시안 씨라면 알 수 없을까요?

◆이가스 : 하긴, 아코 씨하고 서로 감정표현을 보내고 있으니까요.

◆루시안 : 하지 않는다고는 하지 않겠지만…….

◆LAX : 이건 무슨 마음인 걸까요?

◆루시안 : 무슨 마음이냐고 물어도, 이쪽은 결혼했으니까…….

LAX 씨와 그 클레릭과는 달리, 좋아한다는 걸 알고 하는 거니까.

애정 확인을 겸한 커뮤니케이션 같은 거지.

◆이가스 : 결혼 전에 키스 표현 같은 건 하지 않았나요?

◆루시안 : 아~, 했었을지도…….

듣고 보니, 프러포즈 전부터 아코는 하트 감정표현을 팍팍 내기도 하고, 키스 표현도 했었던 것 같다.

◆루시안 : 아코는 전부터 하트 감정표현이나 키스 표현 같은 걸 했었지.

◆LAX : 그건 어떤 마음이었을까요?

그야 생각할 것도 없다.

◆루시안 : 아코에 한해서는 진심이었을…… 거야.

◆LAX : 그런가요…….

LAX 씨는 고민에 빠졌다.

이건 혹시 새로운 커플 탄생인 걸까.

남의 결혼식은 오랜만이니까, 만약 한다면 놀러 가고 싶네.

◆LAX : 만약 진심이라면…….

◆유윤 : 아니, 기다려.

그때 유윤이 양손을 내밀며 스톱을 걸었다.

결론을 낼 타이밍이었는데, 왜 저러지?

◆유윤 : 하트 감정표현 진심설에, 한 가지 반론을 제기하고 싶어.

◆루시안 : 그 말은……?

◆유윤 : 나는 말이지, 알고 있다고.

유윤은 나를 바라보며, 주먹을 꽉 쥐었다.

◆유윤 : 고양이공주 씨는 때때로 루시안에게 하트 감정표현을 보내고 있었어!

◆루시안 : 흐극!

◆유윤 : 하지만 루시안의 프러포즈는 평범하게 거절했어!

◆루시안 : 히긱!

◆유윤 : 즉, 연애감정과 감정표현은 상관없는 경우도 많아!

◆루시안 : 으아아아악!

남이 잊어버리고 있던 기억을! 너 이 자시이이이이이이익!

그랬었지! 그 사람은 가볍게 하트 감정표현을 뿌리고 다니는 사람이었지!

◆유윤 : 하트 감정표현 정도라면 단순히 친한 상대에게도 보낸다는 증거니까!

◆루시안 : 기억 밑바닥에 처박아두고 있었는데, 새삼스레 떠올리게 만들지 마!

◆유윤 : 자기만 흑역사에서 도망칠 수 있다고 생각하지 말라고!

이쪽은 학교에 갈 때마다 흑역사의 장본인하고 얼굴을 마주하고 있다고!

언제나 신경 쓰고 있으면 내 마음이 못 버텨!

◆유윤 : 애초에 아코도 알맹이가 아저씨일 가능성이 있으니까! 루시안의 흑역사는 아직 늘어날 수 있다고, 이거!

◆루시안 : …………그러네요.

◆유윤 : 어, 뭐야? 그 리액션.

말할 수 없다. 절대 말할 수 없어.

현실에서도 엄청 귀여운 여자아이라고 말했다가는 직결충 취급할 게 틀림없으니까.

◆유윤 : 설마 루시안, 오프에서 관계를…….

◆루시안 : 이야기를 계속하겠는데!

나는 유윤을 무시하고 LAX 씨에게 말했다.

◆루시안 : 바로 진심으로 나가지 말고, 신중하게 거리를 좁혀가는 게 좋을 것 같아!

◆유윤 : 느닷없이 프러포즈했다가는 제2의 루시안이 될

테니까.

◆LAX : 아, 아뇨.

그렇게 결론을 내리려던 우리에게 LAX 씨는 곤혹스럽다는 태도를 보였다.

◆이가스 : 또 무슨 문제가 있어?

◆LAX : 저기, 이 캐릭터는 남자지만, 저도 여자라서, 여자아이하고 결혼하는 건 좀…….

——.

나, 유윤, 이가스 씨의 시간이 멈춘 기분이 들었다.

◆유윤 : 앗…….

◆이가스 : 네, 그런 거였군요.

◆루시안 : ……어, 어쩌지.

듣고 보니 그런가.

애초에 LAX 씨의 알맹이가 여자일 가능성을 생각하지 못했다.

왜냐하면 말투는 신사지만, 포션을 들이키면서 양손도끼를 휘두르는, 후덥지근한 외모의 우락부락한 딜러란 말이지. 이건 생각하지 못했다고.

◆루시안 : 상대가 본심인지 모르는데 피하거나 거절하는 것도 이상하니까…….

◆LAX : 아뇨, 괜찮아요. 본심인 사람과 아닌 사람, 양쪽이 있다는 건 알았으니까요.

LAX 씨는 중후한 수염 얼굴에 부드러운 미소를 머금으며 말했다.

　◆LAX : 그 사람이 질릴 때까지, 깨닫지 못한 척 할게요.

　그 한 마디에, 우리보다 훨씬 깊은 인생 경험을 느낀 기분이 들었다.

　LAX 씨는 생각보다 연상일지도 모른다.

　◆유윤 : ……수고가 많으시네요.

　◆루시안 : 히, 힘내세요.

　◆이가스 : 무슨 일이 있으면 말해주세요. 네.

　◆LAX : 감사합니다.

　그렇게 말하며 하트 감정표현을 보낸 울끈불끈 마초 수염 아저씨에게, 우리는 하트 감정표현을 돌려주었다.

　◆루시안 : 이런 일이 있었단 말이지.

　◆아코 : 네, 고양이공주 씨에게는 엄중한 항의를 하려고 해요.

　◆루시안 : 그것에 대해서는 막지 않겠어.

　지금도 하트 감정표현을 뿌려대면서 희생자를 늘리고 있다면, 그걸 용납해서는 안 된다.

　자랑은 아니지만, 우리는 바로 착각해버리니 말이지!

　◆아코 : 그건 그렇다 치고, 의문이 있는데요.

　◆루시안 : 응?

◆아코 : 진심이 아닌 감정표현을 보낼 때가 있나요?

◆루시안 : 있을 것 같은데…… 오히려 아코한테는 없어?

◆아코 : 언제나 진심인데요?

아코는 그렇게 말하며 머리 위에 하트 마크를 뭉게뭉게 띄웠다.

그렇구나. 전부 진심인가. 응, 그럴 것 같더라.

◆아코 : 하트를 꺼낼 때는, 사랑한다고 생각할 때니까요.

◆루시안 : 그렇다면, 키스 표현을 낼 때도…….

◆아코 : 마음속으로는 쪼옥 하고 있어요!

◆루시안 : 언제나?

◆아코 : 언제나요!

아코가 하트의 양을 더욱 늘리며 말했다.

언제나라니 아코 씨, 당신의 키스 표현은 상당히 많지 않았나요?

◆루시안 : ……그거, 키스의 횟수가 많지 않아?

◆아코 : 네. 이미 500번 이상은 키스했네요!

◆아코 : 현실의 퍼스트 키스는 최근이지만, 진짜 퍼스트 키스는 1년 반쯤 전에 했어요! 꺄~!

◆루시안 : …….

◆아코 : ……어라?

나는 들뜬 아코를 조용히 바라봤다.

◆아코 : 저기, 무시인가요? 현실과 게임은 달라~ 라고 하

지 않는 건가요?

　◆루시안 : ……인정할 수 없어.

　◆아코 : 네?

　◆루시안 : 나는 인정할 수 없어!

　나는 아코에게 척! 삿대질을 하며 힘차게 단언했다.

　◆루시안 : 그런 일방적인 키스는, 퍼스트 키스라고 인정할 수 없다고!

　◆아코 : 그런 소리를 하셔도~.

　◆루시안 : 아무튼 안 된다면 안 돼!

　그 후 아코에게서 날아온 키스 표현을 전부 무시한 나는 결의를 다졌다.

　감정표현을 나눈 걸 키스했다고 주장하는 게 아니라ㅡ.

　자고 있는데 덮쳐서 잘 모르는 사이에 키스를 했다는 그런 것도 아니라ㅡ.

　기억에 남는 최고의 키스를, 우리의 퍼스트 키스로 해주자고.

　그 타이밍은, 고등학교 생활 최대의 이벤트ㅡ.

　바로 수학여행이다!

And you thought there is Never a girl online?

1장

"퍼펙트 서포트 마스터! 줄여서 서포마다!"

마에가사키 고등학교는 수수한 이름이지만 이래 봬도 사립 고등학교다.

에어컨 사용 온도에 제한이 있거나, 매점이 그리 충실하지 않지만, 어엿한 사립 고등학교다.

그렇기에 수학여행 행선지도 꽤 신경 써서, 해외나 국내 같은 곳을 학생들이 고를 수 있게 되어 있다.

하지만 여행 직전 시기에 정하는 건 물론 무리인지라.

국내인가, 해외인가— 그 선택에 몰렸을 때는 1학년 12월 때였다.

◆슈바인 : 그런고로!

◆루시안 : 앨리 캣츠 2학년 팀, 수학여행 행선지 회의를 개최하겠어~!

◆아코 : 예~!

◆세테 : 와~!

◆애플리코트 : 음!

항상 모이는 가게에 모인 우리는 수학여행 직전 같은 기분으로 팔을 들어 올렸다.

◆아코 : 기운차게 말하긴 했는데요, 수학여행은 아직 반년 넘

게 남았는데 행선지를 정하다니, 꽤 엉뚱한 이야기 아닌가요?

◆루시안 : 아직 내년 반이 어떤지도 정해지지 않았는데 말이지.

◆세테 : 호텔 예약이라든가, 이것저것 큰일이라 그런 거 아닐까?

◆애플리코트 : 음. 숙박시설은 물론이고, 이동수단, 관광투어, 야외 학습에 관한 상의 등, 반년 이상의 시간이 있더라도 바쁘다고 들었다.

◆아코 : 으앗～, 선생님은 큰일이네요.

어딘가에서, 큰일이다냐! 라는 비명이 들려온 기분이 들었다.

◆세테 : 저기, 수학여행 행선지를 의논하는 건 좋은데.

그때 세테 씨가 머리 위에 커다란 땀 마크를 띄우며 말했다.

◆세테 : 선배도 회의에 참가하고 있다는 건, 설마 같이 올 생각인 건……?!

◆루시안 : 설마～, 마스터는 올해 갔다 왔잖아～.

◆슈바인 : 아무리 마스터라고 해도.

◆아코 : 그런 무모한 일은 안 하죠～.

핫핫핫핫핫!

전원이 활기차게 웃은 뒤―.

◆루시안 : ……안 하겠지?

◆아코 : 안 하겠죠?

◆슈바인 : 절대로 하지 말라고?

◆애플리코트 : 내가 그런 상식에서 벗어난 짓을 할 리가 없지 않나.

아아, 다행이다.

아무리 마스터라도 다른 학년의 수학여행에 난입하거나 하진 않겠지.

◆애플리코트 : 학생회장으로서 시찰을 할 수 없나 사이토 교사에게 물어봤다만, 유감스럽게도 거절당하고 말았지.

◆루시안 : 도전은 해봤던 거냐고!

역시 따라오려고 했었나!

그것도 학생회장으로서 시찰이라니, 정식으로 참가할 생각이었던 거냐!

◆아코 : 혼자 당당히 따라오는 선배라니 무섭잖아요.

◆슈바인 : 애초에 내년 여름에 마스터는 더 이상 학생회장이 아니잖아.

◆세테 : 그 말을 들은 선생님도 깜짝 놀랐겠네.

◆애플리코트 : 처음에는 농담이라고 생각했던 모양이다만, 내가 진심이라는 걸 알자 진지하게 막더군.

그야 그렇지! 고양이공주 씨도 깜짝 놀랐을 거야!

◆애플리코트 : 그런 이야기는 넘어가고. 나는 올해 수학여행을 갔다 온, 이른바 경험자다. 모두에게 어드바이스는 해 줄 수 있을 것 같아서 말이다.

◆슈바인 : 아, 그건 고마울지도. 난 중학교까지 공립이어서 수학여행 행선지를 고르는 건 처음이거든.

◆루시안 : 나도 나도. 고를 여지도 없이 히로시마였어.

◆슈바인 : 나도 초등학교는 히로시마, 중학교는 교토라는 정석 그대로였어.

◆세테 : 그런 식이었지~.

◆애플리코트 : 그래, 그렇겠지. 학교 행사라면 자세히 아니까, 맡겨둬라.

그렇게 말한 마스터가 자리에서 일어나 전원을 볼 수 있는 의장석 같은 위치로 이동했다.

◆애플리코트 : 제군들이 선택할 수 있는 행선지는, 국내와 해외…… 구체적으로는 호주와 간사이(関西) 지방 중 하나다.

오오, 호주라!

분명 남쪽에 있는 나라였지.

◆루시안 : 호주라니, 진짜로 해외네!

◆슈바인 : 동물 같은 걸 볼 수 있는 건가?

◆세테 : 코알라나 캥거루 같은 게! 안아볼 수 있을까?

◆아코 : 캥거루, 귀엽죠…… 귀엽…… 귀엽나요……?

아코는 머리 위에 『?』마크를 띄웠다.

◆아코 : 왠지 캥거루, 레벨이 낮은 싸움을 벌이는 이미지가…….

◆슈바인 : 싸움은, 같은 레벨끼리 말고는 발생하지 않아![#1]

◆루시안 : 그건 캥거루…… 캥거루이긴 하지만!
그게 캥거루 대표일 리가 없잖아!

◆애플리코트 : 동물 말고도, 아름다운 현대의 거리, 호주 원주민의 문화, 그리고 광대한 대자연 등 볼 게 많다.

◆루시안 : 자연이 멋지다는 이미지가 있으니까.

◆애플리코트 : 상상 이상이라고. 나도 호주를 선택했었다만, 에어즈 록(Ayers Rock)의 임팩트는 지금도 잊을 수가 없군. 그야말로 인생관이 바뀌는 광경이었지…….

마스터가 먼 곳을 바라보면서 말했다.

그 머릿속에서는 당시의 에어즈 록이 되살아나고 있는 것 같았다.

인생관이 바뀐다고 하니까 흥미는 있지만…….

◆루시안 : 수학여행에서 돌아와도, 마스터의 과금벽은 낫지 않았단 말이지.

◆애플리코트 : 하하하, 위대한 자연 앞에서는 인간의 재산 따위는 사소한 문제다.

◆슈바인 : 이상한 쪽으로 인생관을 바꿔서 어쩔 거야, 돌아와.

이 사람의 과금관은 뭘 해도 바뀌지 않을 것 같다.

◆세테 : 근데 말이야, 왜 행선지가 호주야?

#1 싸움은, 같은 레벨끼리 말고는 발생하지 않아 일본에서 쓰이는 아스키 아트의 문구. 캥거루 두 마리가 싸우는 장면이다.

◆애플리코트 : 호주에는 우리 학교의 자매학교가 있으니까.

아아, 그런 이유로 호주인 건가.

어라? 잠깐만? 자매학교가 현지에 있다는 건…….

◆루시안 : 설마 현지 학교에 방문해보자, 라든가?

◆아코 : 교류수업 같은 게 있기라도 한 건가요……?

◆애플리코트 : 물론이지. 이문화 교류를 즐길 수 있다.

◆아코 : 영어는 못해요오오오오!

◆루시안 : 나도 영어는 욕설 정도밖에 모르는데.

◆슈바인 : 아~, 그건 그래.

해외 사람들한테서 들으니까, 그런 말만 기억하게 된단 말이지.

◆슈바인 : 왓더펔!

◆아코 : 홀~리~쉿.

◆루시안 : 유~누~웁.

◆애플리코트 : 절대로 현지에서 말하면 안 된다.

마스터가 식은땀을 흘렸다.

괜찮아 괜찮아, 아무도 현실에서 욕을 할 만한 배짱을 갖고 있지 않으니까.

◆애플리코트 : 호주에 관해서는 이 정도겠지. 일본에서 그리 멀지 않고, 시차도 적다. 치안은 양호하고 관광지도 많지. 첫 해외여행으로는 좋은 선택일 거다.

◆슈바인 : 그렇구나.

◆세테 : 코알라 같은 거 안아보고 싶어.

◆루시안 : 이문화 교류는 넘어가더라도, 에어즈 록은 가보고 싶네.

◆아코 : 신혼여행이라고 하면 해외죠.

한 명만 방향성이 이상하지만, 이 아이는 내버려 두기로 하고—.

◆루시안 : 그럼 국내는, 간사이라고?

◆애플리코트 : 음. 교토, 나라, 오사카 등, 간사이 지방의 관광지를 도는 형태가 되지. 수학여행으로는 정평이 난 곳이라, 매력은 말할 것도 없을 거다.

나라나 교토라니, 그야말로 수학여행으로 갈 만한 곳이네.

◆아코 : 교토는, 조금 무서운 이미지가 있는데요.

◆루시안 : 무슨 소리야?

어라? 아코는 교토에 무슨 인연이라도 있나?

◆아코 : 오차즈케[#2]를 권하고, 먹으면 바보 취급을 한다는 소문을 들은 적이 있어서요!

◆루시안 : 그런 공포?!

확실히 그런 이야기는 들은 적 있지만!

뭐랄까, 부부즈케가 어쩌고 하는 그거![#3]

◆슈바인 : 아～, 교토 이외의 사람을 전부 깔본다든가, 교

#2 오차즈케(お茶漬け) 녹차를 우려낸 물에 밥을 말아 먹는 일본 음식.
#3 부부즈케(ぶぶ漬け) 부부즈케는 오차즈케의 교토 사투리로, 교토에서 손님에게 부부즈케를 권하는 건 빨리 돌아가라는 은유로 널리 알려져 있다.

토 시내와 시외는 차별이 있다든가 그런 이야기는 들었어.

◆세테 : 같은 시내라도 거주지와 역사에 따라 세세한 랭크가 붙는다는 소문이…….

◆애플리코트 : 그, 그런 소문은 있다만, 설마 사실일 리는 없겠지.

마스터가 미묘하게 식은땀을 흘리며 말했다.

그, 그렇지? 설마 진짜인 건 아니겠지?

◆애플리코트 : 게다가, 그런 순위 따지기는 어디서나 하는 것 아니냐.

◆슈바인 : 뭐, 그렇지.

◆루시안 : 아…… 온라인 게임에서도 하지.

◆아코 : 온라인 게임에도 있나요?

있지. 확실히 있다고.

대표적인 순위 따지기라면…….

◆루시안 : 온라인 게임으로 말하자면 「처음으로 해본 온라인 게임은?」이라는 질문이겠네.

◆아코 : 있죠, 그런 거.

◆슈바인 : 알지, 알아.

슈가 머리 위에 분노 마크를 팍팍 띄웠다.

◆슈바인 : 대체 뭐야? 그 얼티밋 온라인 경험자가 으스대기 위해 하는 질문! 뭐야? 고참이 그렇게 잘났어?

◆아코 : 「보나 마나 라그나 온라인 출신이죠? 그런 느낌

드는데ㅋ」라면서 잘 모르는 딱지를 붙인다니까요!

　◆루시안 : 아르곤 전기라고 하면 「아, 그 게임 아직 서비스하고 있나?ㅋ」 이런다니까! 왜 캐주얼 게임을 깔보는 건데!

　◆슈바인 : 드래판11이라고 했더니 바로 유행 타는 녀석 취급이었어. 플레이 인구가 얼마나 많은지 알기나 해!

　◆애플리코트 : 아니, 하지만 고참 쪽에서 보면, 그 시대를 모르는 건 아쉽다는 생각이 있어서 말이다.

　◆루시안 : 이쪽은 충분히 즐기고 있거든?! 그렇게 좋아하면 돌아가면 될 거 아냐!

　◆세테 : 저기, 행선지 이야기해도 돼? 그 이야기 계속할 거야?

　아뇨, 괜찮습니다. 이제 충분합니다.

　◆애플리코트 : 국내 쪽에서 꼽을 수 있는 장점은, 호주보다도 자유시간이 많다는 거겠지. 해외에서는 학생들을 내보낼 수가 없지만, 국내라면 어느 정도는 재량에 맡기는 것 같다.

　◆슈바인 : 흐～응.

　◆세테 : 뭐, 그렇겠구나～ 라는 느낌이네.

　친숙한 곳이라서 아무래도 리액션이 엉성해진다.

　그런 우리를 보며 고개를 끄덕거린 마스터가 양손을 펼치며 말했다.

　◆애플리코트 : 그렇다면, 이제 행선지는 정해진 거나 다름없겠군! 너희의 수학여행, 행선지는 당연히!

◆루시안 : 나는 국내가 좋은데.

◆아코 : 해외는 싫어요!

◆슈바인 : 이런 선택지라면 간사이에 가고 싶네.

◆세테 : 아, 다들 교토가 좋아? 나도~!

오오, 모두의 의견이 일치했다!

이야~, 다들 해외가 좋은 건가~ 싶어서 불안했었다고.

전원 국내 희망이라 다행이다.

◆루시안 : 옥신각신하지 않을 수 있겠네!

◆아코 : 안심했어요.

◆슈바인 : 나는 이렇게 될 줄 알았지만.

◆세테 : 모두와 맞춰서 호주라고 말할까 했었어.

전원이 희망했던 대로 진행되어 기뻐하는 가운데, 마스터만이 홀로 양손으로 머리를 감싸 쥐었다.

◆애플리코트 : 어째서냐! 왜 이렇게 된 거냐?! 올해는 학생 90퍼센트가 호주를 선택했건만!

왜냐니, 그야 그렇지.

◆루시안 : 인터넷이 연결되지 않은 곳에 가고 싶지 않아.

◆아코 : 해외는 무서워요.

◆애플리코트 : 정말이지 챌린지 정신이 부족한 유토리 세대[4] 후배로구나.

#4 유토리 세대 주입식 교육을 탈피하고 학생의 자율성과 종합 인성교육을 중시한 일본의 교육방침이 실행된 세대. 학생들의 학력 저하로 2009년부터 다시 학력 강화 교육으로 선회하게 된다.

그런 소리를 해도, 말이 통하지 않는 나라에서 인터넷도 통하지 않는다면, 모두 죽을 수밖에 없잖아.

◆슈바인 : 애초에 비행기라는 시점에서 무리인데.

◆아코 : 슈, 비행기 못 타나요?

◆슈바인 : 하늘을 나는 탈것이라니 너무 무섭잖아. 그건 왜 날고 있는 거야.

저 슈바인이 허세를 부리는 낌새도 보이지 않는다는 건, 진짜로 무리라는 거겠지.

하지만 마음은 나도 이해한다. 어렸을 때 타본 적이 있는데, 어린 마음에도 「이거 떨어지면 죽잖아」라는 생각이 엄청 들었으니까.

◆애플리코트 : 기다려라, 슈바인. 비행기 사망률은 자동차보다도 낮을 정도다만.

◆슈바인 : 그런 문제가 아니야! 사고 나면 거의 확실히 죽는다는 게 무리라고!

◆세테 : 떨어지면 끝장이니까.

◆애플리코트 : 으으으으음.

개인의 기호에 끼어들 수는 없는지 마스터가 으으음 하고 신음했다.

그러다 문득 세테 씨에게 고개를 돌렸다.

◆애플리코트 : 이 셋은 둘째 치고. 세테는 평범한 고등학생답게 해외를 희망하는 거 아니었나? 실은 사양하고 있는

거겠지? 솔직해지는 게 좋을 텐데?

◆세테 : 난 이래 봬도 나라나 교토에 흥미가 있어!

◆애플리코트 : 그랬지! 확실히 그랬었지!

세테 씨가 만면에 웃음을 띠었다.

당시에는 왜 그런 고풍스러운 곳에 흥미가 있는 걸까? 라고 생각했지만, 지금이라면 하긴 그렇지~ 라는 느낌밖에 들지 않는다.

◆루시안 : 그럼 전원이 국내 선택으로 제출하자고.

◆슈바인 : 이걸로 반이 다르더라도 같이 갈 수 있겠네.

◆아코 : 기대되네요~!

◆애플리코트 : 나의 경험담이…… 어드바이스가…….

◆세테 : 서, 선물 사 올게? 응?

이렇게 해서, 우리는 전원 국내, 교토·오사카 투어를 선택했다. 하긴, 했는데…….

그 결과, 수학여행 전에, 이런 일이 벌어지고 말았다.

"뭐? 니시무라, 국내 골랐냐?!"

"호주 아니야?! 말도 안 돼!"

"거짓말?! 아카네, 호주 아니었어?! 같은 조로 가려고 했었는데!"

"나나코도 안 와?! 조 어쩔 건데?!"

"잠깐만, 전혀 못 들었거든!"

HR 두 시간에 걸쳐 벌어진, 2학년 5반 수학여행 조 배정 회의.

 그러나 초장부터 심각한 사태가 벌어졌다.

 나를 끌어들여서 아코, 세가와, 아키야마와 같은 조가 되려던 남자아이들, 그리고 그룹을 통솔하는 세가와, 아키야마와 같은 조가 되려던 여자아이들의 예정이 완전히 엉망진창이 되어버린 것이다.

 "미안, 호주 선물 부탁해!"

 "난 비행기는 좀 그래서~, 국내로 했어."

 "미안~, 2학년 반이 정해지기 전에 선택한 거라, 말하기 힘들어서……."

 "언제부터 우리의 행선지가 해외라고 착각한 거죠…… 훗훗훗."

 훗훗훗 좋아하시네.

 해외를 고른 반 아이들에게서 떨어져서 교실 앞으로 나와 다른 일행과 합류했다.

 "예정대로 소인원이 됐네요!"

 "보통은 호주를 고를 테니까. 솔선해서 이리로 오는 건 우리 정도야."

 "왠지 미안한 일을 한 것 같은데……."

 "필요한 희생이었다고 생각하자고."

 "콜래트럴 대미지네요!"

그래그래. 콜래트럴, 콜래트럴.

그밖에도 국내로 선택한 사람은, 으으음…….

"니시무라도 국내냐! 잘 부탁해!"

타카사키가 약간 짜증나게 얽혀왔다.

"니시무라도 이쪽? 아니, 그게 말이지~, 나랑 자키는~, 대회가 있으니까 시고 같은 게 나면 무섭거든."

그리고 까까머리 야구부원인 맛츤인가.

질 나쁜 녀석은 없는 것 같고…… 세이프다, 세이프.

"카오도 오사카구나?"

"응, 사쿠라하고 같이 이쪽으로 할까 해서……"

"카오리는 자키랑 같이 가니까 그렇잖아?"

타카사키의 여자친구인 카오와― 다른 한 명은 미안, 모르겠다. 여자다.

"국내는 아키야마, 오토다, 스즈야, 세가와, 타카사키, 타마키, 니시무라, 맛츠무라까지 여덟 명이네."

국내가 여덟 명이고, 남은 스무 명 이상이 호주인가. 역시 해외가 많네.

하지만 역시 인터넷이 통하지 않으면 힘들다고!

"그래서, 조는 남녀 혼합으로 4인조를 만들려고 하는데, 남자 세 명에 여자 다섯 명이니까……"

선생님은 손에 든 종이를 보면서 조금 고민하더니 정하셨다.

"그럼 니시무라가 남자 한 명인 조로 가는 게 좋겠네."

"선택의 여지가 없는 건가요?!"

내 조는 남자가 한 명뿐인가요!

"알고 있었잖아. 니시무라하고 아코를 세트로 치고, 나랑 나나코가 같은 조야."

"그 조, 저도 들어가도 되는 거죠? 방해 아니죠? 괜찮죠?!"

"그래그래, 괜찮으니까 아코는 우리 조에 있어."

세가와는 필사적인 아코의 물음에 왠지 지친 모습을 보였다.

"아아, 루시안이 있고 친구도 있는 조에 불려오다니! 이건 기적인가요?!"

"왜 아코는 저렇게 걱정하는 걸까……?"

"지난주부터 『수학여행에서 같은 조가 되어 주는 거 맞죠?!』라고 한 스무 번 정도 물어보더라고…… 이제 슬슬 지쳤어……."

"그치만 불안했다고요! 좋아하는 사람들끼리 자유롭게 조를 만들다니, 게다가 수학여행이라고요! 아무리 확인해도 부족할 정도예요!"

"마음은 이해하지만……."

아코는 두 사람씩 한 조를 만들렴~, 같은 걸 진심으로 싫어하니까.

"그럼 국내는 니시무라와 타마키, 아키야마와 세가와가 한 조. 타카사키, 마츠무라, 스즈야, 오토다가 한 조면 될까?"

선생님이 클립보드에 멤버를 적으며 물으셨다.

아니, 뭐, 평소처럼 넷이서 조를 짜는 거니까 딱히 상관은 없지만······.

괜찮은 걸까, 싶어서 다른 아이들에게 시선을 돌려봤다.

"타당한 조 배정이잖아? 카오리랑 자키를 서로 다른 조로 떨어뜨릴 수는 없으니까."

"사쿠라도 있고, 자키도 있고, 카오에게는 최고의 조지?"

"잠깐만, 두 사람 다 그만해!"

"뭐야, 난 덤이야? 이거 너무하지 않아?"

"맛츤도 중요하지! 그치?"

"사쿠라는 뭘 안다니까!"

이쪽 조도 서로 친해 보이고, 그럼 됐나?

"그리고 여관방 말인데, 남자는 3반과 4반이 함께야. 여자는 3반과 함께 쓰게 될 거야."

"모르는 사람하고 같이 있는 건가요······."

"우리도 같이 있잖아."

"그래그래, 괜찮아."

양옆에서 아코를 사이에 끼운 세가와와 아키야마를 보면서, 문득 옆으로 시선을 돌렸다.

"······."

"············."

그곳에는, 뭔가 아름다운 것을 본 표정을 짓는 타카사키와 맛츤이 있었다.

분명 나도 같은 표정을 짓고 있겠지.

나는 자연스럽게, 오른손 엄지를 척 들어 올렸다.

"…………(척)."

"……(척)."

내 동작에 무척 멋진 미소와 함께 똑같이 썸즈 업이 돌아왔다.

지금 우리가 느끼고 있는 기분은 단 하나였다.

해외여행이 다 뭐냐. 그런 건 별거 아니야.

우리가 바로, 승리자다.

"남은 애들은 호주니까, 지금부터 조 배정에 들어갈 건데……."

"선생님! 저도 국내로 갈래요!"

"호주로 가는 건 중지해 주세요!"

"이제 와서는 무리니까 안 돼~! 자, 빨리 조를 정하지 않으면 선생님이 멋대로 정해버릴 거야."

에이~! 라는 (주로 여자아이들의) 불만 어린 목소리에 선생님이 한숨을 내쉬었다.

"……이렇게 될 것 같기는 했지만, 냐아……."

†††　†††　†††

"생각보다 옥신각신하지 않아서 다행이다냐."

"조 배정, 두 시간 안에 끝났으니까요."

"사실은 한 시간도 걸리지 않았어야 했다냐……."

"수, 수고하셨어요. 선생님."

방과 후.

부실에서 죽은 사람 같은 표정으로 키보드에 엎어진 선생님을 모두 함께 위로했다.

아코, 세가와, 아키야마가 국내행이라는 사실에 처음에는 소란이 벌어졌지만, 나는 덤 같은 거였고 원래 셋이서 뭉칠 예정이었으니 그렇게 옥신각신하지 않고 조 배정이 끝났다.

그렇다고 해도 확실히 두 시간이나 걸렸지만.

"너희 조는 자유행동 시간이 많으니까, 다음 HR까지는 제대로 일정을 생각해둬야 해."

선생님이 이쪽을 올려다봤다.

하긴, 갈 곳을 제대로 생각해놔야지.

"오사카에 가면 USO는 꼭 가봐야지!"

"그건 놓칠 수 없죠! 그리고 타코야키하고, 오코노미야키하고……."

"나는 후시미이나리(伏見稲荷)에 가서 참배하고 싶어."

"나라에도 가는 거죠? 메오토 다이코쿠샤(夫婦大國社)에는 꼭 가보고 싶은데요!"

"뭐야, 그게?! 어딘데?!"

메오토?![#5] 메오토 다이코쿠샤?!

#5 메오토(夫婦) 우리말로 「부부」이다.

그런 아코가 좋아할 만한 곳이 존재한다고?!

꼭, 꼭 가보겠어요! 라며 기염을 토하는 아코에게 아키야마가 살짝 고개를 갸웃하며 물었다.

"으음, 확실히 카스가 타이샤(春日大社)에 있었던가?"

"네! 부부의 신을 모시고 있고, 가호는 부부 원만! 가내 안전이에요!"

아코는「갈 수밖에 없잖아요!」라면서 신바람을 내고 있었다.

왜 그런 곳만 알고 있는 건가. 그보다 실존하는 거였냐······. 나라 무섭다.

"그럼 카스가 타이샤는 결정됐고······ USO하고 후시미이나리하고······."

"군것질도 하자!"

화이트보드에 예정 관광지가 하나둘씩 적혔다.

보고 있는 것만으로도 마음이 들뜨네.

"그리고 저, 비와호(琵琶湖)도 가보고 싶어요!"

어, 비와호?

확실히 여행지는 간사이지만, 그런 걸 후보에 넣었었나?

"비와호는 시가에 있잖아? 갈 수 있어?"

"교토역에서 전철로 10분 정도라고 해요!"

"가깝네! 그럼 괜찮겠지만······."

호오, 그렇게 가까이 있었구나. 몰랐다.

"근데 아코, 비와호는 왜?"

"실은 포와링 호수의 부두는, 비와호의 부두 중 하나가 모델이라고 해서요."

"오, 성지순례네."

"포와링 호수는 루시안에게 프러포즈를 했던 곳이잖아요!"

꺄아! 하고 양손으로 뺨을 감싼 아코가 몸을 비틀었다.

그러고 보니 그런 일도 있었지.

그 부두, 비와호의 부두를 모델로 만든 거구나.

"아코가 프러포즈를 했던 곳은, 지금 집이 지어져 있는 해변 아니었어?"

"거긴 OK를 받았던 곳이에요. 포와링 호수 부두에서도 프러포즈를 했었거든요."

"프러포즈를 몇 번 한 거야……?"

"몇 번이나 거절당했으니까 어쩔 수 없잖아요!"

"미안하다고 생각하고 있어!"

그때는 아직 트라우마에서 벗어나지 못했었다고!

그때의 나를 생각하면 지금 이러고 있는 게 믿기지 않을 정도로, 그때는 온라인 게임에 여자아이가 있고— 특히 그 아이가 나를 좋아한다는 건 생각할 수도 없었다.

"그럼 시간이 나면 비와호, 겠네. 루트를 생각해야겠어."

"전부 갈 수는 없으니까, 여유가 있는 일정을 짜야 한다."

"알고 있다니까, 선생님. 걱정할 것 없어."

정말로 아는지 모르는지, 세가와는 화이트보드에 『쿠시카

츠(串かつ) ※두 번 찍어 먹는 것에 도전』이라고 적었다. 혼난다, 도전하지 마. 절대로 도전하지 마.

"다들 즐거워 보여서 다행이다……만…… 역시 나도…… 이렇게 되면 밀항을……."

"안 된다니까. 모두가 보는 가운데 버스에서 끌려 내려가는 마스터는 보고 싶지 않아."

나는 그렇게 제지하면서 마스터에게 다가가 살짝 말을 걸었다.

"저기, 마스터."

"응? 왜 그러나?"

내 분위기를 짐작했는지, 마찬가지로 작은 목소리로 물은 마스터에게 살짝 고개를 숙였다.

"잠깐 상담하고 싶은 게 있는데…… 부활동 끝나고, 시간 좀 내줄 수 있어?"

"상담, 이라고?!"

마스터가 눈을 반짝 빛내면서 묘하게 힘을 주며 속삭였다.

"무슨 일이든, 내게 맡겨라!"

대부분 수학여행 얘기로 끝나버린 부활동이 끝나고…….

인기척이 없는 부실에, 나와 마스터만 남았다.

"아코 군은 괜찮은 거냐?"

"응, 오늘은 먼저 돌아가라고 했어."

이번 이야기는, 아코에게만큼은 들려줄 수 없다.

"아코 군에게도 말할 수 없는 내용인가…… 그럼, 단단히 각오하고 듣도록 하지."

의자에 앉은 마스터는 자세를 앞으로 확 기울이고는, 나를 정면에서 바라봤다.

"자, 내게 할 상담이란 뭐냐?"

"실은―."

아아, 말하기 힘들어! 엄청 부탁하고 싶지 않아! 하지만 혼자서는 무리인 것 같아!

나는 쓰읍~ 하고 길게 숨을 들이쉬고, 부끄러운 마음을 눈앞의 마스터를 향한 신뢰로 밀어낸 뒤에, 입을 열었다.

"수학여행에서, 아코와 퍼스트 키스를 하고 싶어!"

"……."

―어라?

마스터는 내 말에 대답하지 않고, 끼기긱 소리를 내며 자세를 되돌렸다.

그대로 등받이에 몸을 기대더니, 천천히 눈을 감아버렸다.

어라? 제대로 들리지 않았나?

"한 번 더 말하는 게 좋겠어? 실은 나, 수학여행에서……."

"아니다. 괜찮아. 잘 들렸다."

마스터는 뭔가를 곱씹듯이, 무척이나 말을 짧게 끊었다.

"뭐야, 이해하지 못한 것 같아서 걱정했잖아."

"너무 예상 밖이라서 할 말을 잃었을 뿐이다."

마스터는 살짝 머리를 흔들어서 흑발을 휘날리고는, 두통을 느낀 듯이 관자놀이를 주무르면서 말했다.

"뭐랄까, 1년 전에도 비슷한 상담을 했던 기억이 나는데……."

"아아, 아코에게 고백하고 싶다고 했었지."

그건 마침 1년 전쯤 일이었을 거다.

상담 직후에 고백해서 멋지게 박살났고…… 응, 불길한 예감이 드니까 떠올리는 건 그만두자.

"1년 후에 하는 상담이 퍼스트 키스라니, 내가 생각해도 숙맥이네. 직결충하고는 너무 다르다니까."

"진행 방향이 일그러졌을 뿐이지 나름대로 진전하는 것처럼 보인다만."

그건 넘어가자며 화제를 되돌린 마스터가 말했다.

"나는 부장이자 길드 마스터이며, 너의 친구이기도 하다. 곤란한 일이 있다면 가능한 한 힘이 되어주고 싶다."

"고마워."

"그걸 전제로 이야기하도록 하마."

겨우 고개를 들고 내 얼굴을 본 마스터는, 감정이 빠져나간 목소리로 말했다.

"키스를 하고 싶다면 멋대로 하면 되는 것 아니냐."

"그 결론은 조금 차갑지 않습니까!"

부끄러움을 꾹 참고 용기를 내서 상담한 건데!

"달리 뭐라 대답하라는 거냐!"

"조금 더 뭐랄까, 어드바이스 같은 의견을 내줘!"

"작년에는 아코 군의 사고회로가 예상 밖이었다만, 이번에는 자신감을 갖고 말하마! 어차피 싫어하지 않을 거고, 그보다 원하고 있을 테니까, 하고 싶을 때 해라!"

게다가, 하고 마스터는 나를— 구체적으로 내 입을 가리켰다.

"아코 군 쪽에서는, 이미 키스를 하지 않았나!"

"윽!"

확실히 그렇긴 하지만.

나도 부정은 하지 못하고 있고.

"그보다, 퍼스트 키스는 이미 끝난 것 아니냐?"

그렇게 말하면 곤란하다고.

"아코는 그렇게 말했지만, 나는 자고 있어서 기억이 없고, 사실인지 아닌지 모른다니까!"

"아코 군의 성격을 봤을 때 그런 부분에서 거짓말은 하지 않을 거다."

"나도 그렇게 생각하지만!"

그래도, 그렇더라도!

이쪽은 기억하지 못하는데 저쪽만 일방적으로 기억하고 있다니, 그런 건 공평하지 않잖아!

"불공평해! 나는 인정할 수 없어!"

이런 말을 하기는 좀 그렇지만, 나는 화낼 권리가 있을 거야!

남녀의 위치가 반대였다면 상당히 문제가 있는 행위거든?!

"인정할 수 없다고 해도…… 그럼, 너는 어쩌고 싶은 거냐?"

화를 내는 내게 마스터는 왠지 걱정스럽게, 말을 골라서 물었다.

어쩌고 싶냐니, 뻔하잖아.

"다시 하고 싶은 거야!"

여기서! 하고 여행 일정이 난잡하게 적힌 화이트보드를 두드렸다.

"수학여행 중에, 최고의 장소, 완벽한 분위기로 키스를 하고 싶어! 그걸로 자는 도중에 덮쳐서 멋대로 한 키스가 아닌, 이쪽이 진짜 퍼스트 키스라는 걸 아코에게 납득시키겠어! 그래, 퍼스트 키스를 다시 하는 거야!"

그게 내 야망이다!

일방적인 아코의 행동을, 제대로 된 정식 절차로 덧씌우는 거다.

수학여행은 그에 걸맞은 최고의 장소다.

수학여행에서 퍼스트 키스를 했다는 것만으로도 평생의 추억이 될 게 틀림없으니까.

"……퍼스트 키스를 다시 한다, 라……. 뭐냐, 그런 이야기였나."

마스터는 걱정스러운 표정에서 바로 흥미를 가진 모습으

로 변했다.

"아코 군의 일방적인 행위를 따라가는 건가 걱정했지만, 그 이상의 추억으로 덧씌우겠다는 발상인가. 꽤 재미있군."

"그렇지? 설득을 할 때에는 정론으로 치고 들어가는 게 아니라, 그 이상의 이익으로 타협하는 편이 정답이야."

"결혼한 지 오래된 부부 같은 공방이로군."

아직 미혼입니다.

"하지만, 괜찮은 거냐? 루시안. 서로의 관계가 확실히 정해지지 않은 상태에서 앞으로 나아가는 건 네 본의가 아니었던 것 같은데."

"아니, 괜찮아. 우리는 사귀고 있으니까."

"그런, 건가? 어느새 아코 군을 설득한 거냐?"

"아코는 납득하지 않았는데?"

"……뭐라고?"

아니, 그게, 단순한 논리잖아.

"아코는 몇 번을 부정해도 부부다, 신부다, 결혼했다! 이렇게 말하잖아?"

"그렇지. 말하고 있지."

"그럼 나도, 아코와 나는 연인이야, 사귀고 있어, 여자 친구야! 라고 멋대로 말하면 OK잖아!"

"또 어처구니없는 말을 꺼내는군……."

"어쩔 수 없잖아! 나도 여러모로 인내의 한계라고!"

아코가 「키스했어요! 저랑 루시안이 키스했어요!」라는 말을 꺼내고 나서, 뭔가 벽을 넘은 것처럼 적극적으로 치고 들어온다고!

손을 잡거나, 끌어안거나, 그야말로 키스를 하거나 하는 걸, 평범한 친구라면서 참는 건 이젠 무리라고! 좀 더 이렇게, 이것저것 하고 싶다고!

"이제 참지 않고 연인답게 지내고 싶어. 괜찮잖아, 아코는 좋아하니까. 아코도 나를 좋아하고. 이건 이미 연인이라는 걸로 OK잖아."

"루시안이 그걸로 좋다면야 상관없지만……."

"좋지는 않지만."

이 이상 아코에게 몰입하다가 게임 내의 호감도라는 마법이 풀려서 미움을 받게 된다면, 정말로 죽고 싶어질 것 같고.

"그렇다고 해서 이 이상 참으면 반대로 죽을 것 같으니까. 고등학생 연인들이 평범하게 하는 거라면 세이프라고 치려고."

"뭐랄까, 너도 나름대로 아슬아슬하구나……."

"용케 참고 있다고 생각해."

일단 직결층 취급을 받는 일은 하고 싶지 않지만.

"그런고로, 아코는 내 여자 친구니까, 연인이니까. 본인이 무슨 소리를 하건 단호하게 사귀고 있으니까. 그러니까 키스를 하겠어!"

"한 발짝만 잘못 디디면 스토커 안건이군……."

"아코는 나를 스토커 취급하지 않는다고 믿고 있다고."

그렇게 생각할 때까지 상당히 시간이 걸렸지만.

"뭐, 아코 군도 루시안과 사이가 깊어지는 건 바라는 바겠지. 그렇다면 나도 협력을 아끼지 않겠다. 루시안과 아코 군이 이상적인 퍼스트 키스를 할 수 있도록, 지혜를 짜내보도록 하마."

"역시 마스터! 믿음직하다니까!"

"핫핫핫! 맡겨둬라!"

믿음직한 고쇼인 선배는 씨익 하고 가슴을 편 뒤 내게 물었다.

"하지만 연예 관련 문제라면, 슈바인과 세테 쪽이 적임 아니냐? 게다가 나는 수학여행에는 동행할 수 없다만?"

아아, 그거야 간단한 이야기지.

"반대야, 반대. 그 녀석들에게 상담하면 분명히 보러 올거 아냐. 그런 상태에서는 키스고 뭐고 없다고. 마스터는 수학여행에 오지 못하니까 이야기할 수 있는 거야."

"하긴. 친구가 보고 있는 앞에서는 난이도가 높나."

"절대로 안 되는 건 아니지만, 가능하면 피하고 싶어."

그건 그것대로 추억이 될지도 모르지만, 그보다는 부끄러움이 더 웃도니까.

"그럼 세세한 조건을 세울 필요가 있을 것 같군. 게다가 조별 행동의 루트도 문제가 될 거다. 정보를 모아서, 나중에 다시 상의하도록 하자."

"잘 부탁드립니다."

좋아, 이걸로『퍼스트 키스 다시 하기 작전』의 믿음직한 동료가 늘었다.

혼자서는 아무래도 괜찮은 생각이 떠오르지 않았기 때문에 다행이다.

"그 대신, 하나 부탁하고 싶은 게 있다만."

"응? 선물 같은 거 말이야? 사 올 테니까 뭐든 말해줘."

"퍼스트 키스는 정말로 레몬맛이 나는지, 그것만큼은 확인해주지 않겠나."

".........옙."

이런 풋풋한 소녀에게 상담해도 되는 건가, 불안감이 남았다.

††† ††† †††

학생회실에 얼굴을 내밀러 간다는 마스터와 헤어져서 한발 먼저 돌아가기로 했다.

마에가사키 고등학교는 복도에 에어컨이 없다. 그래서 교실의 에어컨이 꺼진 방과 후는 복도의 기온과 바깥 기온의 온도차가 거의 없다.

사립이니까 그런 건 조금 더 신경써줬으면 하는데— 그런 생각을 하며 현관에 도착했을 때는 이미 전신에서 땀이 나고 있었다.

"덥다……."

슬슬 해도 저물 시간인데 바깥 공기는 불쾌할 정도로 후덥지근하다.

바로 돌아가려고 신발을 꺼내 쪼그려 앉은 순간—.

"—우왁!"

목덜미에 차가운 감촉이이이이이잇?!

"뭐야아아아아?!"

돌아보자 페트병을 한 손에 든 여자아이가 무척 기쁜 표정으로 이쪽을 보고 있었다.

아니, 아코잖아. 너였냐!

"에헤헤, 깜짝 놀랐나요?"

"놀랐지! 놀라는 게 당연하잖아!"

먼저 돌아간 줄 알아서 완전히 방심했다.

"아~, 심장이 멎는 줄 알았네. 계속 기다리고 있었어?"

"네. 슈하고 세테 씨는 먼저 가라고 했어요."

"먼저 가도 괜찮은데. 더웠잖아?"

"진지하게 쿨러 드링크의 도입이 기다려져요."

"스포츠 드링크로 참자."

"네~."

그대로 아코를 데리고 교문을 나섰다.

왠지 결국 평소대로의 분위기가 되어버렸네.

"왜 일부러 기다리고 있었어?"

"루시안하고 같이 돌아가지 않는 게, 왠지 불안해서요."

"아아…… 언제나 같이 돌아가니까."

확실히 나도 혼자 돌아가면 이상한 기분이 들 것 같다.

하지만, 그렇게나 익숙해졌다고 생각하니 굉장하네.

여자아이와 함께 돌아가는 편이 편안하다니, 내가 생각해도 믿기지가 않을 정도다.

그것도 이렇게 귀여운 신부— 아니, 신부는 아니지.

방금 마스터에게 이야기했잖아.

이렇게 귀여운, 여자 친구다.

"이제 익숙해졌지만, 이렇게 여자 친구와 돌아가게 될 줄은 상상도 못했다니까~."

"네? 여자 친구 아닌데요, 신부예요."

"이렇게 여자 친구와 돌아가게 될 줄이야~."

"여자 친구 아닌데요. 아내예요."

"여자 친구와~."

"여자 친구 아닌데요, 부인이에요."

세 번 말을 고친 아코는 거기서 표정을 확 굳혔다.

"이거, 평소에 저랑 루시안이 하던 것의 역패턴인 게……."

"눈치챘나."

훗훗훗. 그렇다네, 아코 군.

"나도 평소의 아코처럼, 우리는 사귀고 있다~ 라고 주장해도 되잖아!"

"에에에에엑?! 뭔가요, 그 작전!"

"큭큭큭, 모두에게 연인입니다~ 라고 말하면, 아무리 아코가 부부니 뭐니 말해도 믿어주지 않겠지……."

"비, 비겁해요! 루시안! 그런 저 같은 짓을 하다니!"

"자각이 있다면 그만두라고!"

너의 부부 선언으로 얼마나 민폐를 겪고 있는 줄 알아?

"안 되거든요?! 절대로 안 돼요, 연인이라고 주장하다니!"

"상관없잖아, 우리 사귀고 있으니까."

"조금 기뻐지니까, 다정한 목소리로 말하는 건 그만둬주세요!"

나는 아코가 부부라고 말할 때마다 같은 괴로움을 겪고 있다고.

아코도 조금 정도는 고민하는 게 좋아.

"……그래도, 솔직히 안심했어."

"뭐가 말인가요?"

"아니다 아니다 그러면서도, 딱히 싫어하는 것 같지는 않아서."

연인이라니 좀 아닌데~, 죽어도 싫은데~, 라고 말했다면 죽고 싶어졌을 거다.

"루시안의 연인이라는 것도 싫지는 않은데요."

사실과는 다르니까 그건 싫지만요, 라고 아코가 덧붙였다.

아니, 진짜로, 정말 다행이다.

당당히 말하긴 했지만, 엄청 불안했다고.

"호칭은 둘째 치더라도, 사랑해요, 달링."

"호칭은 둘째 치더라도, 사랑해, 허니."

"칫!"

앞을 걸어가던 같은 마에사가키 고등학교의 남학생이 콱! 하는 커다란 소리를 내며 신발로 아스팔트를 걷어찼다.

저, 저기, 아파 보이는데, 왜 그래? 괜찮아? 혹시 들렸어?

"허니…… 허니…… 우헤헤헤헤헤헤헤헤."

"왠지 얼굴이 헤실헤실 풀어졌는데, 괜찮아?"

그리고 아코가 글러먹은 상태로 변했다.

땀을 흘리고 있는 것도 있어서, 그대로 흐물흐물 늘어져 버릴 것 같은데…….

"자, 수분 공급해."

"네~."

아코가 그렇게 답하면서 페트병에 입을 댔다.

"……."

왠지 모르게 그 입가를 눈으로 쫓았다.

나는 여기에 키스를 하려고 하는 거구나. 그리고, 아마 아코는 싫어하지 않을 거다.

딱히 그냥 수학여행 같은 걸 기다리지 않고, 지금 해도 되는 게―.

"……루시안?"

"읏, 어? 뭔데?!"

"아뇨, 왠지 눈초리가 킁킁하는 느낌이어서요."

"조금 더 알 수 있도록 말해줘."

"눈이 야했어요."

"조금 더 포장해줘."

솔직히 말해서 지나친 말입니다.

그보다 어떻게 눈으로 아는 건데? 무슨 능력이야.

그렇게 노골적인 얼굴을 하고 있었나, 진짜로 부끄러운데.

"조금 더 포커페이스를 익혀야……."

"루시안은 그대로가 좋아요."

아코가 그렇게 말하며 팔에 안겼다.

"에잇, 끌어안지 마."

"에이~. 연인이니까 괜찮잖아요~?"

"화, 확실히!"

아코와 연인답게 지내는 게 목적이었는데 무심코 떨쳐버리릴 뻔했어!

"큭, 아직 익숙하지 않아서 반사적으로……."

"반사적으로 도망친다니 슬픈데요."

아코는 조금 복잡한 표정을 한 뒤에 어라? 하고 고개를 갸웃했다.

"애초에 왜 갑자기, 연인이다! 라는 말을 꺼낸 건가요?"

"왠지 이제 아코와의 관계를 설명하는 게 귀찮아져서."

"그런 이유인가요?!"

"원래부터 의견은 차이가 났으니까 괜찮잖아."

"그냥 친구라고 말하는 것보다는 낫긴 하지만요!"

친구여서는 곤란하다니까. 친구하고는 키스하지 않는다고.

—역시 이렇게는 말할 수 없지만.

"어차피 수학여행에서 누굴 좋아한다든가 누구랑 사귀고 있느냐 이야기할 거 아냐? 그때 큰일이니까."

"아, 수학여행은 역시 그런 이야기를 하는 거네요."

"아코는 안 했어?"

보편적인 이야기라고 생각하는데, 여자들은 그런 대화를 하지 않는 건가?

그렇게 생각해서 묻자, 아코는 방긋 웃으며 대답했다.

"저, 수학여행은 처음이라서요."

"뭣이?!"

처음이라니, 하지만 초등학교에서도 중학교에서도 수학여행은 있었을 텐데?

그러고 보니 우리가 과거 수학여행에서 간 곳에 대해 이야기할 때, 줄곧 침묵하고 있었다.

게다가 세가와한테 몇 번이고 몇 번이고 같은 조가 되자고 이야기했다고 하고……

.

서, 설마, 아코…….

"그렇다면, 저기……."

나는 조심조심 물었다.

"초등학교 수학여행은……?"

"직전에 심한 감기에 걸려서, 가지 못하게 됐어요."

"우와, 진짜냐."

그건 딱하네.

"별로 가고 싶지도 않아서, 딱히 상관은 없었지만요."

"히엑?!"

왜 가고 싶지 않은 건데?! 수학여행은 감기에 걸리더라도 가고 싶잖아?

"대답하고 싶지 않다면 괜찮지만, 중학교 때는……."

"쉬었어요."

"또 감기 같은 걸로?"

"아뇨, 건강했는데요."

평소와 변함없는 미소의 아코는, 무슨 당연한 소리를 하느냐는 투로 말했다.

"반 아이들하고 같이 며칠이나 묵다니, 절대로 죽어버리잖아요."

"즐기자! 이번 수학여행은 최고로 즐기자, 아코!"

"으앗, 루시안?!"

나는 무심코 아코를 끌어안았다.

안쓰럽다, 어쩜 이리도 안쓰러운 녀석인가!

나는 반드시 이 아이를 행복하게 해주겠어!

"이번에는 루시안이 같이 있으니까, 무척 기대돼요."

만족할 때까지 안아주고 나서 천천히 떼어놓자, 아코는 흐늘흐늘하게 웃었다.

그렇게 생각해준다면 기쁘지.

"아, 루시안, 루시안."

"응?"

"시험이 끝나면 수학여행 물품들을 사러 가지 않을래요?"

"그거 좋네. 여행용 가방 같은 걸 갖고 싶었거든."

내 전용 보스턴백이라든가, 슬슬 있어도 괜찮겠다 싶단 말이지.

잠깐 부모님하고 얘기해보자.

"기대되네요!"

아코는 희망으로 가득 찬 얼굴로 말했다.

하지만 그 이전에 말이지—.

"아코, 시험을 무사히 끝낼 예정은 있어?"

"1년에 다섯 번이나 정기 시험이 있으니까, 한 번 정도는 패스해도 괜찮지 않을까 싶어요."

"좋~아, 내일부터 스터디 모임 하자."

"네에……."

아코는 어깨를 풀썩 떨구며 힘없이 중얼거렸다.

†††　†††　†††

　여름이라 생각되지 않을 만큼 에어컨을 강하게 켠 건물 안에는, 나하고는 인연이 없어 보이는 반짝반짝 빛나는 가게가 줄지어 있었다.

　수많은 점포의 직영점이 모인, 이른바 아울렛 몰.

　나와 아코는 크리스마스 이후 처음으로 여기에 찾아왔다.

　어떻게든 죽지 않을 정도로 시험을 끝내고, 본격적으로 수학여행 준비를 할 수 있게 된 것이다.

　그보다 시험이 끝나자마자 바로 수학여행을 가니 그렇게 시간도 없다. 이 타이밍에 와야지!

　"자, 기말고사의 울분을 풀자~!"

　"네~!"

　우리는 그렇게 말하며 그 자리에서 멈춰 섰다.

　"……풀자~."

　"……네~."

　시선 너머에는 엄청난 인원의 쇼핑객…… 그것도 모두 여름에 어울리게 한껏 차려입은 사람들뿐이었다.

　"……우리, 이 안에서 쇼핑을 해야 해?"

　"원정 나온 것 같은 느낌이 엄청 나네요……."

　나와 아코는 구석에서 숨을 죽이고 섰다.

"뭐, 기운 내서 돌아볼까?"

"네, 힘낼게요."

아코는 음! 하고 주먹을 쥐고, 반대쪽 손을 슬그머니 이쪽으로 뻗었다.

나는 그 손을 꽉 쥐고, 손을 잡은 채 걸었다.

"후헤헤, 여자 친구라고 하는 건 싫지만, 이런 건 기뻐요!"

"손잡고 있는 걸 언급하지 마. 부끄러워지잖아."

아코의 손은 고급 비단처럼 매끄럽고, 게다가 무척 부드러웠다. 그런 데다 체온이 높으니까 사람의 몸에 닿은 느낌이 굉장하다.

손을 잡는 건 처음이 아니지만, 역시 쑥스럽다니까.

"그럼, 나는 여행용 가방을 찾고 싶은데, 그밖에 필요한 게 있었던가?"

숙박지는 제대로 된 여관과 호텔이고, 의상은 기본적으로 교복이다. 들고 갈 물건은 그렇게 많지 않을 거다.

쇼핑이라고 해도 대단한 양을 살 필요는 없다.

"어어, 사전에 슈하고 세테 씨한테서 지시를 받았는데요."

"응, 응."

아코의 판단보다는 신뢰할 수 있는 정보로군.

두 사람의 지시대로 사면 수학여행 준비가 확실하게 끝날 것이다.

"우선 뭐가 필요한데?"

"1층의 화장품 가게부터 말이죠~."

"잠깐 기다려보실까."

왜 그렇게 되는데?!

"수학여행에 화장품 필요해? 그보다 아코 너 화장하냐?"

"안 하는데요? 자, 만져 보세요."

아코는 내 손을 잡고 자기 뺨에 살짝 갖다 댔다.

지금까지 그렇게 더웠는데, 매끄러운 감촉만이 손에 남았다.

아니, 왜 나는 한 손으로 아코의 손을 잡고, 남은 손으로 뺨을 만지고 있지? 이거 무슨 플레이야?

"저, 저기, 만져 봐도 잘 모르겠는데……."

"어라, 그런가요? 저도 만져 보면 아는데요."

"으으으윽!"

그치만 옆에 있는 아이가 화장 같은 걸 하지 않으니까 지식이 늘지를 않는다고!

"그럼 여행에 화장품 같은 건 필요 없잖아."

"아뇨, 그게 말이죠. 화장을 하지 않더라도 하는 척만큼은 해두지 않으면 안 된대요."

"복잡하네! 뭐야, 그 쓸데없는 수고는?!"

"3반 애들이랑 같은 방이니까 제대로 준비하라고 해서……."

"아아…… 세가와나 아키야마하고만 있는 게 아니구나……."

"네……."

그렇구나, 그런 사정인가. 그럼 어쩔 수 없네.

"그럼 어울려줄 테니까 마음대로 사."

"전혀 갖고 싶지 않은데요……."

흐느적흐느적 화장품 판매장으로 가는 아코 본인도 우울해 보였다.

한동안 어슬렁어슬렁 돌아다닌 아코는 몇 번이나 지시사항을 확인하면서 옷, 소소한 물품, 그리고 신발과 화장품을 구입했다.

여자아이의 쇼핑에 어울려주는데도 그다지 피로는 느껴지지 않았다. 아마 아코의 취향이 수수한 것, 무난한 것, 싼 것이라 알기 쉽기 때문이겠지.

"지, 지쳤어요……."

정작 아코는 휘청거리고 있었지만.

"왜 점원은 이렇게 선공 속성의 사람이 많은 걸까요? 비(非) 선공 점원이 있어도 되잖아요."

"점원에게 몬스터 속성을 적용하면 안 됩니다."

확실히 플레이어를 타깃으로 찍은 몬스터 같은 거동으로 다가오긴 하지만.

"여자아이는 말이지, 좀 더 쇼핑을 즐기는 법 아니야?"

"평소보다는 즐거운데요? 루시안이 좋아하는 걸 사는 거니까 후회는 하지 않고요."

자기 물건을 사는 거니까 나보다는 아코의 취향으로 사줬으면 하는데.

"……어라?"

아코가 조금 떨어진 가게를 보며 중얼거렸다.

"저기, 저기 있는 사람, 왠지 어디서 많이 보지 않았나요?"

아코가 가리킨 곳은 밝은 분위기의 여성용 수영복 가게였다.

여자아이 몇몇이 꺄아, 꺄아 하고 소란을 부리며 수영복을 갖다 대보고 있었는데, 확실히 많이 본 아이들뿐이었다.

"우리 반 애들이네. 모처럼이니 말을 걸어볼까?"

"아뇨, 괜찮아요. 저희는 수영복이 필요 없으니까요."

호주로 가는 아이들은 수영을 하지만, 이쪽은 그런 예정이 없긴 하지.

"호주의 바다는 예쁠까요?"

"골드 코스트 같은 데는 유명하니까, 굉장하지 않을까?"

분명 에메랄드 그린빛으로 반짝이는 바다가 기다리고 있을 것이다.

그렇게 생각하니 해외도 즐거워 보이지만—

"우리도 지지 않을 정도로 즐기자고!"

"네!"

남한테 휩쓸리기보다는, 우리가 가고 싶은 곳에 가는 게 좋지.

게다가, 무엇보다도 좋은 점이 있다.

"수영복이 필요 없으니까, 아코의 수영복을 고르지 않아도 되잖아!"

"엑?"

뭐야, 그게? 엑, 이라니?

"뭐야? 수영복 필요해?"

"수영복은 필요 없지만요……."

아코는 눈을 돌리면서 내 손을 꽈악 다시 쥐었다.

"이, 일단 같이 와주세요."

"뭐냐니까."

아코의 손에 이끌려서 잠시 걸었다.

이윽고 시야에 어떤 가게가 들어온 순간, 나는 반사적으로 발을 멈췄다.

"응, 돌아가자."

"기다려주세요오오오오오."

수십 미터 앞에 여성용 란제리 숍— 속옷 가게가 있었다.

저기지? 어차피 목적지는 저기 아니냐고!

"속옷은 멋대로 골라!"

"루시안이 골라주지 않으면 안 된다고요!"

"왜 내가 아코의 속옷에 의견을 내야 하는데!"

"농담으로 하는 말이 아니에요."

"……."

아코의 말투는, 확실히 분위기를 타서 대충 말하던 때와는 달랐다.

게다가 그 표정은 나 이상으로 궁지에 몰려있는 것처럼 보였다.

"……그거 진지한 이야기야?"

"진지한 이야기예요."

"어째서 이렇게 된 건데……."

속옷이라니, 나하고는 정말로 상관없잖아.

"슈하고 세테 씨한테 들은 말인데요. 수학여행에서는 같은 방 사람하고 같이 옷을 갈아입잖아요."

"흐음."

"그러면 남자도 여자도, 속옷을 비교하게 되잖아요?"

"안 해!"

왜 그런 기분 나쁜 이벤트를 개최해야 하는 건데!

"남자끼리 서로의 팬티 같은 게 신경 쓰이지 않나요?"

"훈도시라도 입고 있으면 기죽겠지만, 그게 아니라면 아무 말도 하지 않는다고."

어차피 다들 평범한 트렁크니까.

"오히려 여자는 그래?"

아코는 새파래지는 것을 넘어서, 이미 새하얀 표정이 되었다.

"그런 게 있다고 각오해두는 편이 좋다고……."

"무서워!"

여자 방 무서워!

"제 팬티, 보통은 엄마가 사 온다고요……."

"그럴 것 같긴 했지만."

아코가 골랐다고는 생각할 수 없는 센스를 가진 것도 있었으니까.

아니, 왜 아코의 팬티 디자인을 알고 있는지는 굳이 언급하지 않을 거다.

아코가 너무 무방비한 게 잘못이다.

"속옷은 취향이잖아? 아코가 좋아하는 걸로 사면 된다고."

"그럴 수는 없다고요!"

아코가 나를 돌아보면서 필사적인 표정으로 말했다.

"세테 씨의 말로는, 수학여행의 속옷은 가볍게 볼 수 없대요. 천박하지 않을 정도로 화사하고, 애들 같지 않을 정도로 귀여운, 그리고 무엇보다 자신과 어울리는 것을 고르지 않으면 안 된다고 하더라고요!"

"뭐야, 그 성가신 조건!"

"빗나가면 단번에 마운트를 뺏긴다고요! 패배 확정이잖아요! 싫어요~!"

"싫다고 해도 말이지……."

"왜 그런 아무렇지도 않은 것에 위아래를 정하려 하는 건가요! 이상하잖아요, 세테 씨!"

"그 말은 아키야마한테 하라고."

본인이 여기 없잖아.

설령 있다고 해도, 「나한테 물어도 몰라!」라고 말할 거고.

"그렇다면야 열심히 고를 수밖에 없고, 나는 필요 없잖아."

"아뇨, 그러니까 루시안이 골라줬으면 좋겠어요!"

"어찌하여!"

"그야 누가 무슨 소리를 하더라도, 루시안의 취향에 맞는 거라면 저는 지지 않으니까요!"

"그런 이유로?!"

이해는 가지만! 무슨 소리를 한다 해도 『루시안은 이걸 좋아한다고요!』라는 무적 상태로 튕겨내는 아코가 리얼하게 상상이 가지만!

요컨대 정신적으로 지지 않는다면 그걸로 충분하다는 거냐!

"그리고 루시안의 속옷 취향도 알 수 있고요!"

"덤으로 남의 성벽을 폭로하려 하지 마!"

에잇, 어쩔 수 없지.

아코에게는 수학여행을 최고로 즐겨줬으면 좋겠다고 해놨으니까.

"어쩔 수 없지, 알았어. 아코가 즐겁게 수학여행을 가기 위해서 필요한 일이지?"

"부탁해도 되나요?"

"일단 다 고른 뒤에, 마지막으로 얼굴만 내밀면 되잖아? 그때까지 기다리고 있을게."

아무리 그래도 가게에 들어가는 건 좀 봐줬으면 좋겠다.

"감사합니다! 그럼, 잠깐만 기다려주세요! 바로 연락할 테니까요!"

"그래그래."

조금 긴장된 표정으로 가게로 향하는 아코를 배웅하고 근처 벤치에 앉았다.

오, 점원에게 말을 걸었다. 노력하고 있구나, 아코.

본인이 노력하는 이상 나도 눈을 감고 적당히 고를 수는 없겠지…….

"……."

그나저나 여기, 거리를 지나가는 게 여자밖에 없지만, 주변을 보니 마찬가지로 벤치에 앉은 남자가 몇 명 있었다.

왠지 조금 공감되는 것 같기도 하다.

그건 그렇고 여자는 이것저것 귀찮단 말이지. 남자는 이런 세세한 걸로 싸우지는…….

"……그렇지도 않나."

오히려 이렇게 침착한 것은 아코와 모두의 덕분일 거다.

모르는 녀석이 오타쿠라고 하건 친구가 적다고 하건 음습한 캐릭터라고 하건 딱히 상처받지는 않는다.

최고의 동료가 있으니, 음습한 캐릭터이니 밝은 캐릭터이니 하는 딱지는 아무래도 좋다.

마음속에서 모두가 지켜주고 있다는 느낌이 들어서 질 것 같지가 않다.

아코도 그런 마음이라면 협력해주고 싶다. 해주고는 싶은데……

정말로 속옷하고 상관이 있는 건지, 의문이란 말이지…….

"이크."

삐롱, 하고 휴대전화가 울렸다.

벌써 끝났나? 빠르네.

아코에게서 온 개별 메시지를 열어봤다.

【아코】어떤가요?

그 한 마디 후에, 사진이 한 장—.

"~~~~~?!?!!?!?!?!??"

입에 손을 대서 이상한 소리가 새어 나올 뻔한 걸 간신히 막았다.

속옷?! 속옷 사진?!

그것도 명백하게 지금 찍은 느낌!

이 녀석은 왜 속옷 셀카 같은 걸 보내는 거야!

【니시무라】이런 걸 보내지 말라고!

【아코】이거 안 되요? 추천 상품이라고 적혀 있었는데요.

【니시무라】다른 각도에서 또 찍어서 보내지 마!

【아코】기다려주세요, 다음 걸 입어볼게요.

【니시무라】벗는 도중에 찍은 사진은 더 안 돼에에에!

누가, 누가 녀석 좀 막아줘!

"엄청 지쳤어……."

점심을 먹으러 온 패밀리 레스토랑에서 나는 탁자에 추욱 늘어졌다.

진짜로 지쳤다.

속옷 셀카를 보고 점수를 매긴다는 포상인지 고행인지 잘 모를 이벤트 덕분에 내 내구력은 이제 완전히 제로다.

"이제 두 번 다시 안 해……."

내가 정신적으로 피폐해진 반면, 아코는 반대로 회복되었는지 활기차게 말했다.

"입고 있는 모습을 보고 골라주지 않으면 의미가 없잖아요~."

"디자인을 보면 충분하잖아!"

그보다 벗는 사진은 완전 필요 없어!

"일단 아코가 만족할 수 있는 건 골랐지?"

"네! 루시안에게 보여줄 날이 기대돼요!"

의기양양한 말이긴 하지만…….

"그런 날은 영원히 오지 않습니다."

"머지않아 오리라고 생각하는데요."

"무서운 예언은 그만둬."

진짜 같으니까.

"아, 그러고 보니 루시안, 마스터 말인데요."

그때 아코가 갑자기 이야기를 틀었다.

"마스터가 어쨌는데?"

"수학여행 말인데요, 저희는 모두 함께 가지만 마스터는 남잖아요."

"그렇지."

"전원이 솔로인 것도 자주 있긴 하지만, 혼자 따로 행동하는 건 불쌍한 것 같아요."

"뭐, 그렇지."

앨리 캣츠는 상당히 사이좋은 길드지만, 개별적으로 행동하는 시간도 적지는 않다.

가고 싶은 던전의 파티에 참가하거나, 자기 친구와 만나거나, 솔로로 움직이는 등등.

솔로로는 싸우기 힘든 아코도 장비 염색이나 외모 개선을 하거나, 집에 틀어박혀서 생산 스킬을 올리는 등, 혼자 행동하는 일이 꽤 많다.

특히 부활동이 시작되고 나서는, 부활동에서는 같이 하고 집에서는 솔로로 하는 패턴이 늘어났다.

그래도 모두가 함께 모여 즐기는데, 혼자서 따로 행동하는 경우는 그리 많지 않다.

"특히 마스터만 혼자인 경우는 별로 없잖아요."

"쓸쓸하겠지."

은근히 외로움을 타는 마스터는 자기 빼고 전원 집합이라는 패턴을 싫어할 것 같다.

"그러니까 마스터도 동료에 끼워줄 수 없을까 생각해 봤는데요……."

그렇게 말하던 아코는 납득이 안 간다는 표정으로 고개를 갸웃했다.

"잠깐 말을 걸어보니까, 권유할 필요가 없을 정도로 기운 찼어요!"

"기운찼다니?"

"최고의 추억을 만들고 와라! 라고 기운차게 말하더라니까! 이상하죠? 왜 마스터가 수학여행에 그렇게 의욕을 내는 걸까요?"

"오, 오오우……."

그건 아마, 아코와 퍼스트 키스를 하고 싶다는 내 상담 때문이라고 생각해!

수학여행 때문에 따돌림을 당할 줄 알았는데, 가지 못하기 때문이라며 부탁을 받았으니 오히려 의욕을 내고 있어!

"조, 좋은 일 아닐까?"

"명백하게 수상한 분위기인데요, 루시안은 뭔가 모르나요?"

"묵비권을 행사하겠습니다."

수학여행이 끝나면 이야기하죠.

그때, 삐로링 하고 휴대전화가 울렸다.

화면을 보니 메시지가 온 것 같았다.

"단체방? 마스터네요."

"양반은 못 되네."

"고양이공주 씨한테서도 왔어요."

"선생님도? 뭔가 위험한 일이라도……."

【애플리코트】긴급사태가 발생했다!

【유이】큰일이다냐~!

"……우와……."

이 타이밍에 긴급사태라니, 수학여행까지 이제 며칠도 안 남았다고?

"어쩌죠?"

"일단은, 말이지."

나는 커피를 쭈욱 들이키고 말했다.

"가방을 보고 나서 가자."

"그래요."

읽고 무시하기로 결정되었다.

†††　†††　†††

◆루시안 : 그래서? 뭐가 일어났다는 거야?

◆애플리코트 : 그 전에, 긴급사태라고 했는데도 밤까지 들어오지 않았던 건 어째서냐?

긴급소집을 알렸는데도 모두 밤까지 로그인하지 않았단 말이지.

◆루시안 : 잠깐 수학여행 준비가 있어서.

◆슈바인 : 나도~.

◆세테 : 미안, 쇼핑을 나가서.

◆아코 : 팬티를 샀어요.

◆슈바인 : 제대로 샀지? 잘 했어.

◆세테 : 이걸로 안심이네.

왜 아코의 팬티를 그렇게 걱정하는 거냐고.

◆애플리코트 : 으음, 어쩔 수 없나.

◆고양이공주 : 준비는 중요하다냥.

고양이공주 씨가 고개를 끄덕였다.

하지만 바로 표정을 확 다잡으며 말했다.

◆고양이공주 : 하지만 문제는 그 수학여행과도 관련이 있
다냥.

◆아코 : 네?

그렇다면, 설마…….

◆루시안 : 아코가 낙제점을 받아서 수학여행에 못 간다거
나…….

◆아코 : 낙제는 없었다고요!

◆슈바인 : 그렇게 바보 취급하지만, 너 고전문학 점수는
아코한테 졌잖아.

◆루시안 : 딱 2점이지만!

그런 점수는 오차 같은 거라고!

◆아코 : 예~! 대충 찍은 선택지가 맞았거든요!

젠장! 지금까지 아코에게 점수에서 진 과목은 없었는데!

◆고양이공주 : 지금보다 두 배는 더 노력해줬으면 하지만, 아코의 성적은 향상되고 있다냐.

◆아코 : 그렇죠! 저 노력하고 있다고요!

실제로 아코의 성적은 계속 상승 경향을 보이고 있다.

이번에는 몇몇 과목이 평균점을 넘기도 했다고 한다. 그야말로 고전문학이라거나.

고등학교에 제대로 입학한 시점에서 하면 되는 타입이긴 했지.

이제 슬슬 수험 공부에 대해서도 진지하게…… 아니, 지금은 그만두자. 나도 생각하고 싶지 않으니까.

◆루시안 : 그럼 긴급사태가 뭔데?

◆고양이공주 : 그건 말이다냐.

고양이공주 씨는 귀를 쫑긋쫑긋 떨었다.

◆고양이공주 : 다들 알고 있듯이, 수학여행은 7월 10일부터다냐.

◆아코 : 그, 그렇죠…….

◆애플리코트 : 7월 7일부터 【엘더즈 로드 ~천공의 이정표~】 이벤트가 시작된다.

뭐? 이벤트?

그것도 7월 7일부터?

◆슈바인 : 제대로 겹쳤네.

◆세테 : 으~음. 발표가 이벤트 직전이네.

최근 온라인 게임은 이벤트 발표를 시작 직전에 하는 게 유행하는 것 같다니까.

◆루시안 : 7월 7일 개최고, 기간은?

◆애플리코트 : 13일까지 일주일간이다.

◆아코 : 후반은 대부분 수학여행 탓에 못 하잖아요!

으음, 수학여행은 3박 4일 일정이니까, 10일부터 13일까지는 대부분 로그인할 수 없게 된다.

이벤트에 참가할 수 있는 건 7일부터 9일, 사흘뿐인가.

게다가 여행 직전에 이런저런 준비를 해야 하니까 계속 게임을 하고 있을 수는 없고.

◆아코 : 어떤 이벤트인가요?

◆애플리코트 : 주회(周回) 계열 이벤트다. 기간 중에 일정 포인트를 벌면 길드에 보수 아이템을 주지.

◆루시안 : 주회퀘인가~.

그것도 개인이라면 몰라도 길드 단위 이벤트다.

이런 건 대규모 길드를 기준으로 난이도가 설정되니까, 소인원 길드인 우리는 힘들단 말이지.

◆아코 : 조금 무리인 것 같아요!

◆슈바인 : 아무리 그래도 이번에는 패스해야 하지 않을까?

애초에 기간은 일주일이잖아?

어차피 대단한 이벤트도 아니니까, 포기해도 괜찮을 것 같은데.

◆애플리코트 : 그게 그렇지도 않다.

◆루시안 : 어? 그렇게 중요한 이벤트야?

◆고양이공주 : 최근 업데이트로 습격 퀘스트가 소소하게 추가되거나, 기승용 기믹이 남모르게 추가된 건 알고 있는 건가냐?

◆아코 : 앵그리 캣 말이네요!

◆루시안 : 니시무라 가를 방어했을 때의 그거 말이지?

◆슈바인 : 우리가 탔던 그거네.

집을 덮쳐오던 몬스터를 요격했을 때, 마스터 일행이 전차를 타고 와줬다.

그리고 보니 그때 이후 필드를 달리는 전차가 가끔씩 보였지.

◆루시안 : 타지 않고 싸우는 편이 세니까 그다지 신경 쓰지 않았는데, 그건 꽤 굉장한 기믹이긴 했어.

◆슈바인 : 보통은 좀 더 화려하게 공지해도 좋은 업뎃이었다니까.

◆애플리코트 : 그 말이 맞다. 특정 시설로 쳐들어오는 습격 이벤트, 플레이어가 조작 가능한 기승물― 이것들은 모두, 이걸 위한 포석이었다.

마스터는 마치 자기의 수완이라는 듯이 가슴을 펴며 말했다.

◆애플리코트 : 이번 여름의 대형 업데이트 【엘더즈 가든

～천공을 향한 도전～】이야말로, 모든 것의 종착점인 거다!

　◆아코 : 멋있는 이벤트명이네요.

　엘더즈 가든…… 천공…… 기승……?

　◆루시안 : 천공이라니, 설마!

　◆애플리코트 : 그렇다! 천공에 숨겨진 비경, 엘더즈 가든을 향해, 직접 디자인한 비행선으로 드넓은 하늘을 날아오를 수 있는 거다!

　진짜로?!

　그 앵그리 캣 같은 느낌으로, 모두 함께 타고 움직일 수 있는 비행선이라는 건가?!

　◆아코 : 비행선이라니, 정기적으로 두둥실～ 날고 있는, 그 하늘을 나는 배 말이죠? 직접 만들 수 있는 건가요?

　◆고양이공주 : 그렇다냐! 게다가 모두가 조종할 수 있다냐.

　◆슈바인 : 거짓말?! 좌현 탄막이 얇아! 뭐 하는 거야! 같은 거 할 수 있어?!

　우리의 조종으로 자유롭게 하늘을 날 수 있는 거야?!

　뭐야, 그거! 엄청 하고 싶잖아!

　◆루시안 : 어, 하지만 잠깐만. 그럼 지금 하는 【엘더즈 로드 ～천공의 이정표～】라는 건…….

　이름을 보면, 관련된 이벤트라는 느낌이 드는데…….

　◆애플리코트 : 이쪽 페이지를 봐.

　마스터가 채팅에 URL을 띄웠다.

그 링크를 열자 엘더즈 로드 이벤트 페이지가 나왔다.

이벤트 내용은, 이벤트 한정 퀘스트를 클리어해서 목표인 아이템을 모을 뿐인, 완전한 주회 퀘스트였다. 응, 이건 알겠다.

문제는 보수 쪽인데……

◆슈바인 : 보수는…… 뭐, 필요 없는 것 같네.

◆세테 : 들어본 적 없는 아이템이 엄청 많네.

◆아코 : 제작 소재네요…… 왜 이벤트 보수로 주는 걸까요?

◆고양이공주 : 주목할 건 3000포인트의 보수다냐.

3000이라니 상당히 후반 보수네.

자세히 살펴보니, 이벤트 포인트 3000의 보수 칸에는 『비행선 코어(상급)』이라는 글자가 적혀 있었다.

◆루시안 : 비행선 코어, 라니…… 이거 비행선을 만드는 데 필요한 거…….

◆애플리코트 : 바로 그거다! 이 이벤트의 보수는, 다음 이벤트에서 필요해지는 거다!

◆고양이공주 : 엘더즈 가든용의, 프리 이벤트인 거다냐.

뭐야, 이게! 그럼 이 이벤트를 무시하면, 여름방학 메인 이벤트에서 곤란해진다는 소리잖아!

◆루시안 : 거짓말이지? 뭐야, 이 사양!

◆슈바인 : 그럼 이거, 안 하면 안 되는 거잖아!

◆아코 : 비행선은 만들고 싶네요.

◆고양이공주 : 특히 비행선 코어는 입수 난이도가 높다고 한다냐. 상급을 입수할 기회는 이제 없을지도 모른다냐.

◆세테 : 심술궂어〜!

좋은 보수를 내세워서 여름 이벤트의 이전 단계 퀘스트를 시키고, 이전 단계를 했으니까 본편도 하겠다는 마음을 먹게 만드는 작전인가!

젠장! 그런 작전에 지고 싶지는 않지만—.

◆루시안 : 비행선은, 갖고 싶어……!

◆아코 : 모두와 함께 하늘 여행을 하고 싶어요!

◆고양이공주 : 고양이공주 씨도 비행선에는 애착이 있다냐. 꼭 만들고 싶다냐.

어라? 고양이공주 씨가 게임에 집착을 보이다니, 웬일이지?

◆슈바인 : 선생님, 비행선에 뭔가 있어?

◆고양이공주 : 모두가 있는 곳에 비행선으로 내려와서, 40초 안에 준비하라냐! 라고 말해보고 싶다냐……!

이유는 그거였냐!

◆고양이공주 : 게다가 엘더즈 가든은 거대한 구름 속에 숨겨진 공중 대륙이라고 한다냐. 벌써부터 선생님의 마음은 두근두근한다냐!

◆슈바인 : 엄청나게 들어본 적 있는 설정이네.

◆아코 : 바루스〜![#6]

#6 바루스〜! 극장 애니메이션 『천공의 섬 라퓨타』에 나오는 멸망의 주문.

◆고양이공주 : 초장부터 붕괴시켜버리면 안 된다냐~!

바루스가 통하는지는 모르겠지만, 그런 이벤트라면 나도 하고 싶어!

◆세테 : 그래도 시간이 없는데? 어쩔 거야?

◆애플리코트 : 과거의 이벤트를 생각하면, 3000포인트는 우리라도 달성 가능한 숫자일 거다. 수학여행 전까지 퀘스트를 끝낼 수밖에 없겠지.

◆아코 : ……그렇다면, 설마.

◆세테 : 잠깐만 선배. 우리, 이제 곧 수학여행인데…….

새파래진 두 사람을 바라보며, 마스터는 무척 멋진 미소와 함께 입을 열었다.

◆애플리코트 : 할당량은 1인당 500포인트다.

◆아코 : 할당량은 싫어요~!

◆세테 : 할당량 싫어~!

†††　†††　†††

W+A, Shift+3, Shift+7, W+D, Ctrl+Shift+2.

키보드, 그리고 마우스의 사이드 버튼을 리드미컬하게 누르자 그에 따라 루시안이 좌우로 흔들리면서 검을 휘둘렀다.

"스위치는 두 번째, 문이 열릴 때까지 아이템 정리……."

의도치 않게 주워버린 쓰레기 드롭 아이템을 적당히 내버리고, 열린 문으로 돌진했다.

이후는 아코라도 쓰러뜨릴 수 있는 보스를 쓰러뜨리고, NPC와의 대화는 선택지 위위아래위위!

◆루시안 : 좋아, 클리어…… 아～, 6분 반!

◆슈바인 : 훗, 이 몸은 6분 밑으로 끊었다고?

◆루시안 : 젠장! 전신에 이동속도 장비도 챙겨 입었는데!

돌진과 블링크라는 이동 스킬이 두 개나 있는 건 비겁하다니까.

◆아코 : 제가 하면 10분 걸리는데요.

◆슈바인 : 텔레포가 있으니까 가장 빠를 거라고!

와글와글 떠들면서 퀘스트를 해나갔다.

엘더즈 로드의 이벤트 퀘스트는 초미니 던전을 돌파해서 보스 드롭 아이템을 가지고 돌아오는 간단한 것이다.

퀘스트 아이템을 납품하면 1포인트다.

인원을 모아서 도전하는 파티 퀘스트도 있지만, 기본적으로는 솔로로 계속 미니 던전을 도는 게 가장 효율이 좋다.

그런고로 우리는 각자 자기 할당량을 달성하기 위해 계속해서 똑같은 퀘스트를 열심히 돌고 있었는데…….

◆슈바인 : 마지막 문은 스위치를 누른 순간에 스킬 판정 같은 게 사라진단 말이지. 완전히 열리기 전에 블링크로 빠져나갈 수 있다고.

◆루시안 : 진짜? 그것만으로도 10초는 단축되잖아.

◆애플리코트 : NPC와 대화하면서 선더 스피어를 충전해 두면, 보스는 릴리스로 원킬……! 또 세계를 단축해버렸구나!

◆아코 : 아아아, 레어 드롭이 나와버렸어요! 왜 드롭률 5퍼센트를 이렇게나 뽑는 건가요!

◆루시안 : 나무아미타불.

◆슈바인 : 한 바퀴 추가구만ㅋ

◆아코 : 애초에 퀘템만 떨어뜨리는 설정으로 해주세요! 레어 같은 건 필요 없다고요!

오늘은 7월 8일. 이벤트도 이틀째다.

퀘스트에도 익숙해져서, 각자 퀘스트 돌파 시간을 줄이기 위해 이런저런 노력을 하고 있었다.

나는 적을 완전히 무시하고 돌파하고, 슈는 돌진계 스킬을 쓰는 타이밍을 끼워 넣고, 마스터는 최단 영창으로 적을 쓰러뜨리도록 조절하고, 아코는 어찌어찌 수수하게 노력하고 있다.

이동 지정 텔레포라는 완전 편리한 스킬이 있는 아코는 원래 모든 직업 가운데서도 상위에 속하는 속도를 낼 수 있긴 하지만…….

그리고 마지막으로 세테 씨는 어떠냐면—.

◆세테 : 우우, 이제 질렸어. 다른 거 하자~.

완전히 질려버렸다.

아니, 이해해. 그게 보통이지.

이틀이나 계속 같은 퀘스트를 반복하는 건 아무리 생각해도 이상하니까!

◆세테 : 아무리 해도 포인트가 늘지 않는걸! 이거 무한 루프야!

◆슈바인 : 아~, 햄퀘라고 부르는 사람도 있지.

◆세테 : 햄……?

◆애플리코트 : 같은 퀘스트를 계속하는 모습이, 쳇바퀴를 도는 햄스터 같다고 해서 말이다.

◆세테 : 그거 인간에게는 고문 같은 거 아냐?!

◆아코 : 무슨 소린가요, 세테 씨.

아코가 채팅으로도 알 수 있을 만큼 지친 분위기로 말했다.

◆아코 : 이게 고문이 아니면 뭐죠?

◆세테 : 이제 그만할래~!

아아, 세테 씨가 내팽개쳤다!

◆슈바인 : 우는 소리 하지 말라고.

◆루시안 : 마음은 이해해, 이해하지만 하자.

◆세테 : 앞으로 몇 번을 돌아야 하는데?!

◆슈바인 : 할당량이 끝날 때까지지.

◆루시안 : 할당량은 이제 얼마나 남았어?

◆애플리코트 : 할당량만큼은 어떻게든 부탁한다.

◆세테 : 할당량이라는 글자도 보고 싶지 않아~!

노이로제에 걸린 것처럼 변했어!

뭐, 그런 식으로 퀘스트를 하고 있었는데…….

필연적으로 문제가 생겼다.

◆세테 : 잠깐 쉬는 김에 수학여행 루트 확인하자.

◆루시안 : 조장, 잘 부탁드립니다.

◆세테 : 문득 정신을 차리고 보니 나 빼고 전원 일치로 정해진 조장이긴 하지만 말이지?

세테 씨 말고는 조장을 할 만한 사람이 없었으니까.

◆세테 : 아, 그걸로 잠깐 의논할 게 있는데, 둘째 날 오사카 관광에서 점심 먹을 가게를 정하는 편이 좋을 것 같아서.

◆슈바인 : 앙? 점심은 돌아다니면서 먹는 거 아니었냐?

◆슈바인 : ……이게 아니라, 점심은 돌아다니면서 먹기로 했잖아? 괜찮은 가게를 찾아 돌아다니는 거 아니었어?

슈가 이 몸 모드에서 세가와 모드로 돌아와서 말했다.

일부러 고칠 필요는 없는데.

◆세테 : 조사해 보다가 알게 된 건데, 아카네가 먹고 싶었던 폭신폭신한 오코노미야키, 주문하고 나서 나올 때까지 시간이 걸린다더라.

◆슈바인 : 뭐?! 그래도 그건 꼭 먹고 싶은데!

◆세테 : 그래서 가능하다면 예약을 해놓을까 해서.

◆슈바인 : 정말? 부탁해! 나나코!

◆루시안 : 어~이, 길챗이라고. 실명을 다 까발리고 있다고~.

◆슈바인 : 이크, 조심하라고, 세테. 이 몸의 팬이 밀려오고

말 테니까.

　◆아코 : ㅋㅋㅋㅋㅋ

　◆슈바인 : 웃지 마. 반복한다. 웃지 마.

　◆아코 : 아, 세테 씨. 첫날 나라에서 말인데요, 메오토 다이코쿠샤에서는 한 시간 걸릴 예정이에요.

　◆세테 : 한 시간?! 카스가 타이샤는 30분 예정이라고 벌써 제출해버렸는데?

　◆아코 : 그건 저기, 임기응변으로 어떻게든!

　◆루시안 : 그러고 보니 셋째 날은 USO인데, 루트를 먼저 정하지 않을래?

　◆슈바인 : 그건 중요하네. 가능한 한 효율적으로 놀이기구를 타야 하니까!

　◆아코 : 너무 격렬한 건 타고 싶지 않은데요…….

　◆슈바인 : 무리해서 타지 않아도 되니까, 그 사이에 선물이라도 고르고 있어.

　이야기가 한창 이어져서, 일단 퀘스트를 멈추고 채팅에 열중하기 시작한 그때—

　◆애플리코트 : 아～, 제군. 분위기를 깨서 미안하다만.

　마스터가 무척이나 미안하다는 듯이 말했다.

　◆애플리코트 : 채팅을 하면서 해도 상관없으니, 퀘스트 쪽도 신경 좀 써 다오.

　◆루시안 : 아, 그랬지.

◆아코 : 완전히 까먹고 있었어요.

◆슈바인 : 오늘 안에 200번은 돌아야지!

◆세테 : 잠깐잠깐, 일단 둘째 날 점심은 정해 놓자. 그러지 않으면 배가 가득 찰 때까지 타코야키를 먹게 될 거야.

본고장의 타코야키라면 그건 그것대로 괜찮을 것 같은데?

◆슈바인 : 그래그래. 돌아다니면서 먹을 예정에 쿠시카츠도 넣지 않을래?

◆세테 : 얼마나 먹을 생각인데?!

◆아코 : 그러고 보니 가져가는 과자 말인데요, 버섯의 산 하고 죽순 마을 중에 어느 게 좋나요?

◆루시안 : 어째서 그 둘 중에 골라야 하는데! 말해!

◆세테 : 땀을 흘릴 테니까, 짠맛 나는 사탕은 챙겨 가자.

◆아코 : 자고 있는 슈의 입에 넣을 신맛 나는 사탕도 갖고 가고 싶네요.

◆슈바인 : 호오, 말 잘했어. 그럼 아코가 먼저 잠들면 너절하게 자는 얼굴을 아낌없이 찍어서 네 남편한테 보내줄게.

◆아코 : 그, 그건 비겁해요! 여자아이만의 비밀이라는 게 있잖아요!

◆루시안 : 아코가 너절하게 자는 얼굴, 기대되는데?

◆아코 : 루시안~! 우째서배딩한건가요~!

◆슈바인 : 못 읽어, 못 읽어ㅋ

◆세테 : 못 읽는데 어째서인지 뇌내 재생되는데ㅋ

◆루시안 : 세테 씨가 뇌내 재생이라는 말을 꺼냈어······?!

◆세테 : 말하지! 나도 그 정도는 말한다고!

◆애플리코트 : 제군······ 퀘스트를······.

이해하셨습니까?

그렇다. 우리는 수학여행이 코앞으로 다가왔다.

아무리 게임에 집중하려고 해도, 화제가 바로 수학여행으로 넘어가버린단 말이지!

정신을 차리고 보면 가고 싶은 관광지를 조사해보거나 먹고 싶은 것들이 툭 튀어나오거나 해서, 대화가 끝나지 않는다.

우리는 좀처럼 퀘스트에 집중하지 못했다.

그렇게, 한창 퀘스트를 돌던 그 무렵.

"그럼 최종 확인을 시작하자."

시험지 반납과 HR뿐인 등교일.

나와 마스터는 몰래 부실에 모여서 『수학여행에서 최고의 키스를 해서 퍼스트 키스의 추억을 덧씌우기 작전』 회의를 진행했다.

"미안하네. 퀘스트로 바쁠 때인데."

"홋, 오늘의 할당량은 이미 끝냈다. 나머지는 여분이지."

역시 주회 속도와 주회 효율이 대단하네. 길드 마스터는 폼이 아니라니까.

"우선 이번 목적은······."

"수학여행에서 아코와 최고의 퍼스트 키스를 해서, 그 녀석의 추억을 덧씌우는 것!"

"음. 그걸 위해 온갖 준비를 해서, 완벽한 작전을 세워야 한다만—."

마스터는 거기서 말을 끊고, 천천히 자리에서 일어섰다.

"당연한 이야기지만, 인간의 마음은 단순하지 않다. 사전 작전만이 아니라, 그때그때마다 임기응변으로 대응하는 것도 필요해지겠지."

"응, 그럴 거라 생각해."

예정했던 곳에 가지 못하게 될지도 모르고, 반대로 생각지 못한 곳에 가게 될지도 모른다. 작전을 잊어버릴 정도로 즐기게 될지도 모르고, 어쩌면 심하게 싸우게 될지도…… 아니, 이건 아닌가?

"그래서, 이 내가! 루시안이 기대하는 이 내가! 전심전력으로 서포트를 해주려고 한다!"

다른 모두가 아니라 마스터만 딱 골라서 부탁한 게 그렇게나 기뻤어?!

그녀는 눈을 반짝 빛내면서 가슴을 탁 두드렸다.

"그래, 여기에 있는 나는 퍼펙트 서포트 마스터! 줄여서 서포마다!"

서포트 직업 같은 말을 꺼냈잖아!

"고맙긴 한데…… 그 서포마는 무슨 스킬이 붙는데?"

"이것저것 붙지. 우선은 서포마 호감도 표시다."

"호감도? 뭐야, 그 미소녀 게임 같은 시스템은?"

"비슷한 셈이지. 이걸 보거라!"

마스터는 그렇게 말하며 화이트보드를 빙글 회전시켰다.

- ■타마키 아코　　　호감도 320/100 텐션 25 ★공략 완료!
- ■고쇼인 쿄우　　　호감도 95/100　 텐션 30
- ■세가와 아카네　　호감도 95/100　 텐션 55
- ■아키야마 나나코　호감도 80/100　 텐션 40

그곳에는 이렇게 쓰여 있었다.

"잠깐 기다려. 진짜로 기다려."

뭐야? 이게. 아니, 내용은 한눈에 알 수 있지만 태클 걸 곳이 너무 많아!

"먼저, 먼저 물어보겠는데! 기본적으로 이게 뭔데!"

"전원의 호감도 일람이다!"

마스터는 열 받을 정도로 의기양양한 표정을 지으며 말했다.

"하렘 엔딩을 원한다면 이걸 몰라서야 말이 안 될 테니! 서포트 역할로서 필수 기술이다!"

"그런 엔딩은 필요 없어!"

아코와 키스하기 위한 작전회의잖아!

"알았어. 뭐, 아코의 호감도를 알 수 있다면 헛수고는 아니라고 생각할 수도 있어. 하지만 그런 경우, 이건 이상하잖아!"

나는 아코 부분을 탁탁 두드렸다.

"왜 분자가 분모보다 더 큰 거냐고! 세 배 정도 한계를 뛰어넘었잖아!"

무슨 의미가 있는 숫자냔 말이야!

"그렇게 물어도 말이지. 호감도는 사전에 본인에게 물어본 거다."

"본인에게?"

"음, 아코 군에게 루시안에 대한 호감도는 100점 만점에 몇 점이냐고 물어보니, 300점은 넘었어요, 라고 진지하게 대답하더군."

"그 녀석, 나를 너무 좋아하는 거 아냐?!"

평범한 사람이라면 호감도 제로가 될 일이 생겨도 200 이상 남게 되잖아!

"그리고 공략 완료라는 건…… 아니, 이건 됐어."

"보는 그대로지."

최저라도 연인이라고 생각하면 미소녀 게임적으로는 공략이 끝났으니까.

그리고, 이렇게나 지적했는데도 아직도 이상한 게 남아 있단 말이지.

"마스터와 세가와의 호감도가 명백하게 너무 높은데, 이건 어떻게 된 거야?"

90을 넘는다니, 거의 한계치잖아.

"이것에 관해서는, 슈바인에게도 아코 군과 마찬가지로 물어본 거다. 루시안에 대한 호감도는 100점 만점으로 생각해서 몇 점이냐고."

"그 결과가…… 이거?"

"음. 95점 정도 아냐? 라고 평범하게 말하길래 그대로 기록했다."

"가끔 생각하는 건데, 그 녀석도 나를 너무 좋아하는 거 아냐?!"

보통 이렇게 높게 부르나?! 한 번은 기회가 있지 않을까 하고 착각하게 되면 어쩔 건데?!

나를 디스하던 여자아이한테 반쯤 폭발하기도 했었고, 그 녀석도 그 녀석대로 우정이 너무 뜨겁다고!

"호오, 높다고 생각하나?"

당황하는 나에게 마스터가 의미심장한 미소를 보냈다.

뭐, 뭐야? 무슨 말을 하고 싶은 건데?

"반대로 묻겠다만, 루시안 쪽에서 슈바인에 대한 호감도는 어느 정도냐?"

"어…… 그건……."

나의 세가와에 대한 호감도……? 100에 도달하는 건 아코뿐이라고 치고, 대부분 MAX 정도는 될 거라 생각하니까…….

"…………95점 정도……일까……."

"너희 너무 사이가 좋은 거 아니냐."

"그치만 실제로 그 정도는 되니까!"

정말로 그러니까 어쩔 수 없잖아!

"마스터에 대한 호감도도 95점은 여유롭게 된다고!"

"그, 그러냐. 그건 고마운 평가로군."

마스터는 약간 동요한 말투로 말한 뒤, 화이트보드에 펜으로 찌직찌직 끄적였다.

■**고쇼인 쿄우   호감도 96/100**

"그런 걸로 올리지 마!"

"안 되나?"

우리 길드 마스터가 너무 쉬운 여자 같아 무섭다.

마스터는 점수를 95로 되돌리며 말했다.

"뭐, 나로서도 루시안과의 사이가 슈바인에게 뒤진다고 보지는 않는다. 그런고로 이 점수지."

"일단 논리적으로는 이해했어."

결국 그다지 의미가 없는 점수가 된 것 같긴 하지만.

"참고로 세테는, 100이라고 하면 아코가 화낼 것 같으니까 2할 뺀다고 하더군."

"어쩐지 딱 떨어지는 숫자다 했더니만……."

그 숫자, 빼지 않았다면 가장 높은데…….

"마지막으로, 이 숫자는 무슨 의미가 있는 거야?"

나는 『텐션』이라는 부분을 가리키며 물었다.

이 항목은 대체 무슨 수치인데?

"이건 단순하게 각자의 텐션을 표시한 거다. 나는 현지에 없지만, 날아오는 메시지 내용이나 현재 상황 등으로 추측해서 갱신해주마."

"그 정보, 필요한 거야? 특히 아코 말고 다른 사람."

"중요하다만? 아코 군과 루시안의 텐션을 올려서 최고의 키스를 할 수 있는 상황으로 만들기 위해서는, 주변 분위기도 무시할 수 없을 거다."

"아~, 그건 그런가……."

세가와와 아키야마가 엄청 불쾌한 상태에서 나와 아코가 분위기를 타는 건 조금 무리다.

"그런고로, 이런 텐션을 올리기 위해 서포마의 제2스킬이 발동하지!"

"또 있는 거냐!"

마스터가 다시 화이트보드를 빙글 회전시켰다.

그곳에는 달필로 이렇게 적혀 있었다.

★선택지

· 믿음직한 마스터에게 진심으로 감사를 표한다.

· 조금 더 힘내라고 질타한다.

· 귀찮아졌으니 오늘 안에 키스를 마친다.

영문 모를 선택지가 나왔는데?!

"뭐야, 이게!"

"이건 서포마 선택지라는 스킬이다!"

"뭐야, 그게!"

"리액션을 바꿔줬으면 한다만."

"어이가 없어졌을 뿐이야."

리액션을 생각할 여유도 없어.

내가 혼란에 빠진 반면, 마스터는 침착하게 말했다.

"나는 서포터로서 수시로 루시안에게 어드바이스를 보낼 예정이다. 하지만 루시안이 스스로 그때 어떻게 하고 싶을지 모른다면, 적절한 어드바이스도 할 수 없겠지?"

"그야 뭐, 분위기는 맞추고 싶지."

마스터는 분위기 한껏 타고 있는데, 내가 분위기에 탈 생각이 없으면 의미가 없으니까.

"그럴 때 이런 방향성을 묻는 선택지를 보내서, 이걸 통해 루시안의 생각에 맞는 것을 고르는, 그런 어드바이스인 거다."

"아~, 그렇구나."

이 선택지라면, 지금까지의 이야기에 납득한다면 첫 번째, 부족하다면 두 번째, 지겨워졌으면 세 번째를 골라도 된다는 어드바이스구나.

"이상한 이야기인가 싶었지만, 나를 생각해준 거구나. 고마워, 마스터."

"……."

■고쇼인 쿄우   호감도 98/100

"호감도 올리지 말라고!"

게다가 폭이 크잖아!

"올렸다고 불평하는 것도 이상한 이야기 같다만."

마스터가 다시 95로 되돌리면서 말했다.

"이런 두 가지 스킬을 사용해 모두의 텐션을 올리고, 이상적인 상황에서 퍼스트 키스를 하는 거다만…… 그걸 위한 마지막 스킬이 이거다!"

마스터는 어딘가에서 커다란 종이를 꺼내 화이트보드에 붙였다.

그곳에는 간사이 지역 전체 지도와 함께, 뭔가 이것저것 마크가 붙어 있었다.

그리고 그 아래쪽에는 커다란 글자가 적혀 있었다.

★체크 포인트

메오토 다이코쿠샤, 추천도 C

호텔 숙박 중, 추천도 B

UGP 야간 퍼레이드 중, 추천도 A

추억의 부두, 추천도 S

"이, 이건……."

"서포마 체크 포인트. 아코 군의 텐션이 가장 높아지는, 분위기가 좋은 장소나 타이밍을 가르쳐 주는 스킬이다."

마스터는 조금 거칠게 붙은 종이를 세심하게 펴면서 말했다.

"여행 중에 계속 긴장하고 있으면 지쳐버려서 즐길 수가 없겠지. 그러니 노려야 할 타이밍을 좁히고, 거기서만 한정해서 도전하는 걸 추천하고 싶다."

"확실히 언제나 키스하고 싶다, 키스하고 싶다 생각하는 것도 꺼림칙하니까."

"……남자 고등학생이란 그런 법이라고 들었다만."

"부정은 하지 않겠지만!"

수학여행 중에서까지 그러고 싶지는 않다고!

"그런 의미에서 만든 것이 이 체크 포인트다. 여기 적힌 곳 중에서 추천도에 맞춰 키스를 진행하면 되는 거지."

"흠흠."

여기서 노린다! 라고 정해두지 않으면 반대로 하기 힘드니까.

나도 타이밍은 생각해두고 싶었으니 이건 고맙다.

"일정에 맞춰서 확인해보자. 첫날은 이동해서 나라 관광이로군."

"맞아. 신칸센을 타고 교토로 이동, 거기서 전철을 타고 나라로 가서 관광. 그대로 나라의 여관에서 1박하는 걸로 되어 있어."

"그렇다면 역시 주목할 건, 메오토 다이코쿠샤겠지."

화이트보드에도 메오토 다이코쿠샤가 적혀 있다.

나도 메오토 다이코쿠샤는 좋은 분위기가 되지 않을까 생각하고 있긴 하지만……

"여기, 왜 C인데."

아코가 가장 밀어붙이던 장소니까, 본인의 텐션은 높지 않을까?

"이유는 몇 가지 있다. 첫째로, 그곳이 부부 원만, 가내 안전의 가호가 있는 신사라는 거다."

"그러니까 아코의 텐션도 높아지지 않아?"

"그렇겠지. 하지만— 그 높은 텐션은, 루시안과 결혼한 아내로서, 아니냐."

"헉! 확실히!"

연인 같은 게 아니라, 부부로서 참배를 하고 싶은 거니까.

이 타이밍에서는 아코의 부부력이 전례가 없을 만큼 높아지는 거 아닐까?!

"그렇다면, 여기서 용기를 내서 키스를 한다고 해도……"

"부부의 키스로 취급하지, 퍼스트 키스라고는 도저히 받아들이지 않을 거다."

"윽……"

이게 어찌 된 일이야. 첫날에 목표를 달성할 수 있으리라는 생각도 조금은 하고 있었는데!

"또한, 아코 군이 희망하던 관광지이기는 하지만 수학여행 전체로 생각하면 아직 첫날이다. 여행의 텐션은 역시 날이 갈수록 높아지는 법. 첫날에 나서는 건 졸속이라고 할 수 있을 거다."

"그런가…… 여기서 노리는 건 너무 초조한 건가……."

키스에 조바심을 내는 남자라니 이미지 최악이잖아. 위험할 뻔했다.

"하지만 수학여행 중이기도 해서 분위기는 좋을 테니, 더할 나위 없는 퍼스트 키스 찬스이기는 하다. 후보에 넣어두는 건 나쁘지 않겠지."

"음, 그렇구나."

"이건 첫날에 한정된 건 아니다만, 다음 후보는 이거다."

마스터는 『호텔 숙박 중, 추천도 B』라고 적힌 부분을 가리켰다.

"호텔이라니, 당연하지만 아코하고는 방이 다르잖아? 무리야."

"방에서, 라고 말하고 싶은 게 아니다. 호텔을 무대로 해서, 라는 뜻이지."

홋홋홋, 하고 대담하게 웃은 마스터가 지도의 한 점을 가리켰다.

"첫날은 여관이니 어렵겠지만, 둘째 날 숙박 장소는 호텔이다. 오사카 중심부 호텔, 그것도 국내와 해외는 같은 금액의 예산이 나오기 때문에, 고급 호텔이 선정되었지."

"흠흠."

"즉, 분위기가 좋고 무드를 연출할 수 있는 공간인 게 틀림없다. 예를 들어 호텔에 풀장이 있다면, 조명이 켜진 심야의 풀 사이드 같은 건 최고의 공간이 되겠지."

"야간 풀장……?! 그 파티 피플들이 사용하는 곳인가?!"

"개방되지 않았다면 심야에는 아무도 없다. 너희만의 세계가 될 게 틀림없겠지."

"그렇구나……!"

호텔의 분위기를 사용한다는 건 내게는 없는 발상이었다. 역시 비싼 호텔에 묵는 것에 익숙한 마스터답다.

"이건 요 며칠 안에는 최고의 퍼스트 키스 찬스일 거다. B 판정은 가뿐하겠지."

"괜찮네. 기억해 둘게!"

역시 공부가 된다.

"교사에게 들킨다, 라는 리스크만큼은 문제겠다만……."

"이제 와서 그쪽은 신경 쓰지 않아."

중요한 건 추억에 남는 최고의 시추에이션!

"둘째 날 말이다만, 이날은 오사카 관광이었지?"

"맞아. 타코야키를 먹거나 오코노미야키를 먹거나 해."

돌아다니면서 먹고 싶다는 이야기가 나왔다.

이날은 주로 세가와의 희망이다.

요즘 요리에 빠졌다고(본인의 주장) 하는지라, 맛있는 걸

먹고 싶은 모양이다.

"그렇다면 유감이지만, 낮에는 기회가 적을 거다."

"나도 이에 김 조각이 낀 상태에서는 조금……."

돌아다니면서 먹는 와중에 키스는 좀 아니지.

"유감이지만 퍼스트 키스 사상 최악의 실패작이 되겠지."

실패작이라니, 뭘 만들 생각인데?!

"중요한 건 세 번째다. 이날은 종일 USO라지?"

USO— 유니버스 스튜디오 오사카. 전 우주의 엔터테인먼트를 오사카에, 라는 테마로 만들어진 대규모 테마파크다.

게다가 지금은 UGP— 유니버스 게이밍 파크라고 하는, 일본을 포함한 전 세계의 게임을 테마로 한 놀이기구를 갖춘 새로운 구역도 영업 중이다.

동쪽의 생쥐 나라[7]라면 모를까, 서쪽의 이쪽은 인연이 없었다.

이 기회에 마구 즐기고 싶다.

"타고 싶은 놀이기구가 너무 많아서 시간도 없을 거고, 남들의 눈도 있으니까 이날은 조금 무리인가."

"그렇지는 않다만."

"뭐……라고……?"

여기서도 찬스가 있다는 거야? 마스터!

"노려야 할 건 이 타이밍이다!"

#7 동쪽의 생쥐 나라 도쿄 디즈니 랜드.

마스터는 『UGP 야간 퍼레이드 중, 추천도 A』라는 부분을 탁 두드렸다.

"퍼레이드 도중, 이라고……?!"

일단 분위기에 맞춰줬지만…….

"처음부터 적혀 있었으니까 알고는 있었지만 말이지."

"맞춰줘서 고맙다."

아뇨아뇨, 저야말로.

"아무튼, 확실히 퍼레이드는 볼 생각이긴 해."

마지막 퍼레이드를 보고 나서 돌아갈 수 있도록, 이날만큼은 집합시간이 늦다.

거기서 우리도 수염 배관공과 노란색 전기쥐, 뭐든 빨아들이는 동그란 녀석부터 꾸엑꾸엑 울면서 지면을 달리는 새까지, 게임 캐릭터가 전부 모인 호화 퍼레이드를 볼 생각이긴 하다.

"거기야말로 사람이 너무 많잖아? 키스니 뭐니 할 분위기가 될까?"

"사람이 많기 때문에, 반대로 개개인에게 주목하지 않는 거다. 역설적으로 너희만의 공간이라고 할 수도 있지."

"그, 그런 건가."

키스란 심오하구나.

"익숙한 캐릭터가 총출연하는 퍼레이드에서 아코 군의 텐션은 상당히 높아질 거다. 게다가 어두운 배경과 일루미네이션 분위기도 근사하지. 지난 일정 중에서도 최고라고 할 수 있는 둘째 날을 웃도는 퍼스트 키스 찬스일 거다."

"왠지 어딘가에서 들어본 적이 있는 평가 기준이긴 한데……."

그거, 매번 최고를 갱신하는 거 아냐?

"그리고 마지막. 내가 가장 추천하는 건 이거다."

마스터가 가리킨 것은, 『추억의 부두, 추천도 S』 부분이었다.

"……그곳인가."

"음! 가장 텐션이 올라가는 마지막 날, 두 사람에게는 인연이 깊은 곳, 추억의 부두! 이보다 더한 시추에이션은 없겠지! 한동안 없을, 과거 최고의 퍼스트 키스 찬스라고 할 수 있을 거다!"

"으음, OK했던 해변의 모델이었다면 좋았겠지만…… 이 부두, 거절한 곳이라서 말이지."

"그런 걱정거리도 있지만, 그렇기에 전해지는 마음이라는 게 있겠지?"

"……응, 그건 알겠어."

실은, 제대로 말하지 않으면 안 된다고 생각하던 게 있다.

그런 마음의 응어리가 사라지고 퍼스트 키스를 할 수 있다면, 분명 최고일 거다.

"좋아, 왠지 이미지가 떠올랐어. 고마워, 마스터."

"핫핫핫! 그렇게 말해주니 고민한 보람이 있군."

"보고는 수시로 할 테니까, 어드바이스 부탁해."

"음, 기다리고 있으마! 이쪽도 계속해서 정보를 모아보지!"

"역시 믿음직하다니까, 마스터!"

"좀 더 칭찬해도 된다!"

뭐, 이런 일을 하고 있어서 나는 퀘스트를 할 경황이 없었던 거다.

—7월 9일.

HR와 쪽지시험을 보고, 다음 날 수학여행을 기다리기만 하면 되는 이날.

"제군들은 내일부터 여행을 가야겠지만……."

현대통신전자 유희부 부실에서 마스터는 힘없이 말했다.

"유감스럽게도, 이벤트 포인트는 전혀 충분하지 않다."

"정말 미안하네."

"저 나름대로 노력은 해봤는데요……."

아무래도 수학여행에 대해서만 생각하는 바람에 할당량보다 크게 부족한 포인트밖에 벌지 못했다.

"역시 신경 쓸 일이 있으면 진척이 없네."

"수학여행 전날에 필사적으로 게임을 하는 게 이상하다니까!"

그런 정론을 말해본들, 필요하니까 어쩔 수 없잖아!

"곤란하네. 앞으로 1000포인트나 필요하잖아."

성실한 것처럼 보여도 상당한 폐인 지수를 자랑하는 선생님도 자기가 담당하는 첫 수학여행이라 평소보다 로그인 시간이 적었다.

　마스터는 열심히 해줬지만, 역시 혼자서는 한계가 있다. 아무튼 수험생이기도 하고, 내 부탁도 있으니까.

　"자, 어떻게 할까."

　"다른 길드에 구원요청을 해보지 않을래? 고양이공주 선생님의 지인이라든가."

　세가와가 묘안이지? 라며 손가락을 들었다.

　"그거 좋네요! 남의 포인트로 할당량을 메우고 싶어요!"

　"그거 말인데."

　그런 두 사람에게 슬그머니 시선을 돌린 선생님이 모니터 화면을 가리키며 말했다.

　"이거, 보렴."

　"뭔데? 무슨 문제라도— 우와……."

　바로 꺼림칙한 표정을 지은 세가와 뒤에서 화면을 들여다봤다.

　◆샤이몬 : 아～ 무리, 이거 무리, 이제 무리! 네, 난 주회 종료합니다～!

　◆유윤 : 또 그 소리야.

　◆†클라우드† : 뭐? 샤모 넌 아직 할당량보다 한참 부족하잖아. 그 정도의 성과를 고양이공주 씨에게 바칠 생각이냐?

　◆샤이몬 : 할당량, 할당량…… 그 소리는 진짜 좀 아니잖

아. 남에게 불평할 정도로 보수를 원하는 거야? 그 보수는 친구가 없어지는 것보다 중요해?

◆유윤 : 처음에는 옛 친위대가 모여서 고양이공주 씨의 비행선을 만들겠다면서 내키는 마음이었잖아.

◆샤이몬 : 그건 나도 알고 있고, 그래서 해왔던 거잖아? 하지만 시작부터 무리라는 단계에서 재정비는 필요하다고.

◆†클라우드† : 지금 단계에서도 보수 완전 획득이 힘든 정도인데, 이 이상 할당량을 내릴 수 있겠냐! 샤모 너보다 노력하는 멤버도 있다고!

◆샤이몬 : 하고 싶은 녀석이 열심히 하면 되잖아. 엄청 벌고 있는 녀석에게는 제대로 감사하고 있고.

◆†클라우드† : 그렇게 자기 편한 대로 하려는 게 불공평하다는 거다.

◆샤이몬 : 그러니까 불공평하다는 거 말인데, 그 공평함이 동료가 없어지는 것보다 중요한가 그 얘기를 하는 거잖아.

채팅 화면이 엄청 거북해!

"이, 이건 대체……."

"해산한 친위대 멤버들이 모여서 비행선을 만들자는 말이 나왔는데…… 도중부터 분위기가 이렇게 돼버려서……."

선생님은 부탁한 적 없다냐, 라며 힘없이 말했다.

"이것 말고도, 이런저런 길드에서 분쟁이 벌어졌으니 중재하러 와달라는 부탁을 받아서…… 가뜩이나 적은 퀘스트 시간이 점점 깎이고 있단 말이지."

"또 묘한 부탁을 받네요."

여기저기 발이 넓단 말이지, 고양이공주 씨.

"근데 이거, 꽤 자주 있긴 해. 불공평한 느낌을 없애기 위해 전원에게 할당량을 주고, 결과적으로 즐겜러가 사라지는 거."

"반대로 할당량이 느슨한 탓에 빡겜러들이 도망치고, 즐겜러만 남아서 길드가 붕괴하는 경우도 있잖아."

"길드 마스터로서는 고민되는 부분이로군……."

모두의 플레이 스타일이 다 똑같지 않으니까.

우리 같은 경우에는 할당량을 설정하고, 힘내라고 말은 하지만, 딱히 달성하지 못한다 해서 뭐라 하지는 않는 스타일이다. 노력 목표 같은 셈이다.

"근데, 이번 이벤트가 이렇게 충돌할 정도로 설정이 힘들어? 우리는 인원이 적으니까 큰일이지만, 커다란 길드라면 여유롭지 않아?"

세가와가 모니터를 톡톡 두드렸다.

"우리가 목표로 하는 건 비행선 코어까지니까. 그 이후의 목표 표인트는 지수함수식으로 증가해서, 최종 보수는 10만 포인트가 필요해진다."

"후반의 인플레가 심하네."

"그럼 어느 길드도 인원이 부족한 거네요."

"지원은 부를 수 없겠네."

그렇다면, 어떻게 포인트를 벌까.

"그럼 오늘 철야로 노력하는 건 어때?"

"한 바퀴에 6분, 그걸로 1포인트잖아. 아침까지 10시간 정도 하면 되지 않을까?"

"내일이 수학여행인데 그런 건 허가할 수 없어!"

선생님 모드의 고양이공주 씨가 양손을 짝 치며 말했다.

그야 그렇지. 내가 말하긴 했지만 무리라고 생각하니까.

"그럼 확 포기할까?"

"싫어, 난 비행선 타고 싶단 말이야."

싫다고 해도 말이지…….

"애초에 원래는 여유로웠어야 했어. 앞으로 나흘이나 남았거든? 이벤트 기간이 절반 이상 남아있는 거잖아!"

"그게 수학여행으로 전부 뭉개져 버리긴 하지만."

온라인 게임 이벤트가 현실의 행사로 뭉개지는 건 지금까지는 그다지 없었으니까.

그야말로 시험 정도지만, 공부하는 중에도 틈틈이 로그인은 해왔었고.

"하필이면 이런 중요한 이벤트에서…… 끄응……."

"나 혼자서 어떻게든 500포인트는 확보할 수 있을 것 같다만……."

믿음직한 잔류 그룹 마스터가 꽤나 궁지에 몰린 표정으로 말했다.

그 포인트, 상당히 기합을 넣지 않으면 불가능한 양 아니야? 괜찮아?

"남은 500포인트…… 선생님도 넣으면 1인당 100포인트네."

"나흘에 10시간인데요? 완전 문제없잖아요!"

"수학여행 중에 할 수 있다면 말이지!"

어떻게든 방법을 생각해보던 중…….

"저기~, 선생님. 수학여행에 노트북을 가져가는 건……."

일단 물어보자, 선생님은 웃으며 말했다.

"몰슈트[8], 란다."

"떼렛떼렛떼~."

"하긴 그렇죠~!"

뭐, 안 되겠지!

"근데 선생님, 하루에 두 시간 정도인데? 그 정도라면 괜찮지 않아?"

"안~돼! 컴퓨터를 가지고 오는 걸 인정하면, 보나 마나 다들 여관방에서 다른 아이들과 대화할 시간을 온라인 게임에 쏟아 붓게 되잖니! 그런 건 절대로 인정할 수 없어!"

"퀘스트 중이라도 대화 정도는 가능한데요!"

"짬짬이 끝내려고 하지 말렴!"

"이건 유이 선생님이 옳다고 생각하는데?"

아키야마가 쓴웃음을 지었다.

#8 몰슈트 몰수+더스트슈트의 합성어.

"옳은 건 알고 있지만, 그걸 굽혀서 어떻게 좀……."

"굽히면 안 되잖아! 왜 수학여행 중에 억지로 게임을 하려고 하는 거야!"

"맞아! 고등학교 생활 최대의 이벤트를 컴퓨터를 만지작거리며 끝낼 생각이니?!"

그렇게 말하면 찍소리도 나오지 않지만!

뭔가 다른 방법을 생각해야…….

"그럼 중간에 인터넷 카페라도 들를래?"

"제출한 일정표에서 크게 벗어나는 행동은 안 돼~!"

으으음, 어렵다.

역시 수학여행은 어디까지나 학교 행사란 말이지.

"하지만, 그럼……."

"비행선……."

아코와 세가와가 슬픈 표정으로 바라보자, 선생님이 조금 분한 듯이 말했다.

"마음은 이해하거든? 오히려 선생님도 미련이 남아! 하지만, 여기서는 수학여행을 우선해야 해! 선생님으로서! 어른으로서!"

"맞아! 코어 정도는 모두 함께 찾아보면 발견할 수 있어!"

"어? 이 이후에 커다란 코어를 입수하는 건 힘들 거라 생각하는데……."

"유~이~선~생~님~!"

"미안해. 무심코 본심이!"

아키야마가 좌우로 흔들자 선생님이 미안미안 하며 양손을 맞댔다.

"하지만 이대로 가면 이벤트가 신경 쓰여서 여행에 집중하지 못하게 되는데요?"

"미련이 남아서야 여행도 엉망이 된다고 볼 수도 있겠군."

"수학여행 탓에 이벤트에 실패했다는 추억이 남겠네."

"으음, 그건 싫은데."

싫은 추억이라…… 그건 곤란해, 곤란하다고.

모두에게는 말하지 않았지만, 내 목적은 최고의 수학여행에서 최고의 퍼스트 키스를 하는 거다.

이벤트 클리어를 하지 못했는데~ 라는 걸 신경 쓰는 상태에서는 분위기도 달아오르지 않을 거고, 추억에 남기고 싶지 않은 여행이 될 수도 있다.

"어떻게 할까……"

고민하면서 문득 마스터 쪽을 바라봤다.

'맡겨둬라.'

마스터가 왠지 그런 표정으로 고개를 끄덕이고 있었다.

설마, 무슨 방법이 있는 건가, 마스터!

계속 바라보니, 마스터가 크게 숨을 들이쉬었다.

"사이토 교사. 제안이 있습니다."

그리고 이야기의 흐름을 바꾸려는 듯한, 잘 울리는 목소리로 말했다.

"어? 아, 뭐니?"

선생님은 수학여행에 참가하지 않는 마스터가 제안을 꺼낸 게 조금 놀라운 모양이었다.

그 빈틈을 찌르듯이, 마스터는 무척이나 감정이 담긴 연기 같은 목소리로 말했다.

"교사로서, 이들은 수학여행을 제대로 즐기지 않으면 안 된다. 그 마음, 잘 이해합니다. 노트북을 가져가는 건 도저히 허가할 수 없겠죠."

"응, 그렇지."

"하지만— 이쪽은 어떻습니까?"

그렇게 말하며 마스터가 보여준 것은, 우리가 언제나 쓰는 스마트폰이었다.

여행 중에는 무슨 일이 생길지 모르니만큼 휴대전화의 소지는 제한되지 않았다. 물론 가져갈 예정이다.

"휴대전화가 어쨌다고?"

의아해하는 선생님에게, 마스터가 프레젠테이션이라도 하듯이 말했다.

"이번 이벤트 퀘스트 말입니다만, 단순한 프리 퀘스트이며, 전 단계에 지나지 않습니다. 적은 약하고, 기믹도 단순한, 매우 간단한 퀘스트죠. 그야말로 한 손으로도 클리어할 수 있을 정도로요."

오로지 단순 작업만 하니까.

아코조차도 거의 노 대미지로 클리어 할 정도다.

"그렇긴 하지만…… 그래서?"

"마우스 조작만으로도 클리어 할 수 있는 퀘스트. 극단적으로 말해서 키보드는 필요 없죠. 아뇨, 오히려 눈앞에 컴퓨터조차 필요 없습니다."

마스터는 씨익 웃으며 스마트폰 화면을 탁 탭했다.

그러자 그곳에, 화질이 떨어진 레전더리 에이지의 게임 화면이 비쳤다.

"어? 뭐야, 이거? 왜 스마트폰에?"

"LA의 스마트폰 어플 같은 건 없지 않아?"

놀라는 우리에게 마스터가 태연하게 말했다.

"이건 레전더리 에이지를 조작하기 위한 어플이 아니다. 휴대전화에서 컴퓨터를 리모트 조작할 뿐인 어플이지."

"리모트 조작…… 아아, 그런 게 있었지!"

있었어, 있었어. 리모트 조작 어플!

스마트폰과 컴퓨터 양쪽에 같은 어플을 설치하고, 어디서든 컴퓨터를 조작할 수 있게 하는 녀석, 본 적이 있어!

"그래! 이런 식으로 휴대전화에서 컴퓨터를 리모트 어플로 원격 조작하더라도, 충분히 퀘스트를 돌 수 있는 거다!"

"그렇구나! 이 방법이 있었어!"

"그러고 보니 어플이 있었구나. 예전 컴퓨터에서는 실행되지 않아서 잊어버리고 있었어."

"그런 편리한 게 있었던 건가요!"

"여러 가지가 있구나."

그렇다면—.

"각자 자기 컴퓨터에 리모트 조작 프로그램을 설치하고, 나머지는 여행 중에도 깨작깨작 퀘스트를 하면……."

"포인트를 쌓을 수 있겠네요! 프로그램 조작 방법을 가르쳐주세요!"

"부모님한테 절대로 컴퓨터 전원을 끄지 말라고 부탁해놔야겠네."

우리는 끓어올랐다.

하지만 선생님이 당황하며 끼어들었다.

"기다리라냐! 그런 식으로 게임에 집중하면, 수학여행을 전혀 즐길 수 없다냐!"

"괘, 괜찮다니까요. 제대로 수학여행도 즐길 테니까요. 그치? 아코."

"그럼요. 수학여행도 열심히 할게요."

"수학여행도, 라니 무슨 소릴 하는 건가냐! 메인은 수학여행 쪽이다냐!"

지, 진정해요. 선생님.

"예, 이래서는 모두가 수학여행에 집중하지 못할 거라는 염려도, 잘 이해합니다."

또다시 마스터가 프레젠테이션 같은 톤으로 입을 열었다.

"그러니!"

그리고 우리를 향해 크게 손을 내밀었다.

"수학여행을 마음껏 전력으로 즐긴다! 그것을 전원이 확실하게 약속하는 게 어떨까요?"

"……냐아?"

선생님은 무슨 소리? 하고 어리둥절한 표정을 지었다.

나도 무슨 말을 하는지 의미를 잘 모르겠는데?

"잘 들으십시오. 저들은 예정대로 수학여행에 갑니다. 나라에 가고, 오사카에 가고, 교토에 가서, 예정대로의 일정을, 누구보다도 전력으로, 최고로 즐길 겁니다."

그 대신! 하며 마스터가 호들갑스러운 동작을 취했다.

"그 대신— 다른 평범한 학생들이 휴대전화를 사용해 시간을 때울 때만, 리모트로 온라인 게임을 하는 것을 묵인해 주시지 않겠습니까!"

"……아, 그런 거구나…….'"

"결코 특별한 일은 아닙니다. 평범한 학생이 스마트폰 게임으로 때우는 시간을, 우리는 레전더리 에이지에 쏟아 부을 뿐이죠!"

그렇구나, 그거라면 우리도 다른 학생들과 변함없을 거다!

"이번 포인트 할당량은, 리모트 조작에 의한 효율 저하가 있다고는 해도 하루 두 시간 반의 주회로 달성 가능합니다.

평범한 고등학생이 하루에 휴대전화를 보는 시간보다도 짧은 정도 아닐까요?"

"그렇긴 하지만……."

선생님이 으~음 하고 고민했다.

"고쇼인이 말하고 싶은 건— 정해진 수학여행 코스를 변경하지 않는다. 짧게 대충 끝내지도 않는다. 취침 시간에도 하지 않는다. 어디까지나 예정대로의 수학여행을, 오히려 누구보다도 최고로 즐긴다. 그 대신, 평소에 잠깐 스마트폰을 사용하는 한가한 시간에만 주회를 돈다, 그런 거니?"

"그런 겁니다!"

"역시 마스터야, 이거라면……."

"어느 쪽도 달성할 수 있겠네요!"

"이상적이네!"

일정표를 바라보던 아키야마도 쓴웃음을 지었다.

"응, 예정대로라면, 하루에 두 시간하고 약간 정도라면 한가한 시간이 생길 것 같아."

해냈다. 이거라면 할 수 있어!

"선생님. 우린 열심히 수학여행을 즐길게요!"

"최고의 수학여행으로 만들 테니까요! 그러니까!"

"괜찮지? 고양이공주 선생님!"

우리가 몰려들자, 마침내 선생님은 마지못한 듯이 수긍했다.

"……알았어. 꼭, 누구보다도 수학여행을 즐기겠다고 약속

한다면, 선생님은 모르는 척 해줄게!"

"역시나, 말이 통한다니까!"

"루시안, 최고의 수학여행으로 만들어요!"

"그래, 누구보다도 즐겨주겠어!"

주회 할당량은 하루에 딱 두 시간 정도. 전혀 문제 될 것 없다.

이걸로 온라인 게임에 대해서는 걱정할 게 없고, 모두 함께 전력으로 수학여행을 즐길 수 있으니까, 아코의 텐션도 올라갈 거다.

그야말로 최고의 전개다!

"나나코, 최고의 수학여행으로 만들자!"

"으, 응. 그 의욕은 기쁘지만…… 왠지 납득이 안 되는 것 같기도 하고……."

"현대통신전자 유희부, 해내자~!"

"오~!"

"부탁한다, 제군!"

이렇게, 우리의 최고의 수학여행이 시작되었다.

수학여행 일정표 (제1탄)

2학년 5반 국내반 1조

7월 10일

시 간	행 동
7시	마에가사키역 집합
12시	나라역 주변에서 점심 식사
13시	자유행동 - 카스가 타이샤(메오토 다이코쿠샤), 토다이지, 호류지 등 견학 (견학 시간표는 별도로 제출합니다)
16시	집합, 야외 학습
18시	여관 도착, 대목욕탕에서 목욕
19시	저녁 식사(일본식, 카이세키)
20시	조장 회의
23시	취침

※세세한 부분은 괜찮습니다

사이토

7월 11일

7시	아침 식사
8시	버스로 오사카 이동
10시	오사카역(우메다역) 도착
10시~	자유행동 - 오사카성 견학 후, 도톤보리를 돌아다니며 먹기, 아메리카무라 견학. 조원들로부터 [우메다 던전에 도전하고 싶다]는 신청이 들어왔습니다. 시간이 있다면 탐색하겠습니다.
17시	우메다역 집합
18시	USO 공식 호텔 도착, 목욕
19시	저녁 식사(뷔페)
20시	조장 회의
23시	취침

※안 가도 될 거라 생각합니다

사이토

7월 12일

시 간	행 동
7시	아침 식사
8시	USO로 이동. 종일 USO 관광. 점심, 저녁 식사 포함
	(견학 시간표는 별도로 제출합니다)
21시	USO 바깥, 집합
21시 30분	호텔 도착, 각방에서 목욕
23시	취침

※무척 불길한 예감이 들기 때문에
내지 않아도 괜찮습니다 〈사이토〉

7월 13일

7시	아침 식사
8시	자유행동 개시, 교토로 이동
9시	교토에서 자유 야외 학습, 신사, 사찰 순회
	후시미이나리타이샤, 렌게오인 산쥬산겐도, 키요미즈데라
	로쿠온지, 지쇼지를 돕니다.
	모든 곳에서 도장을 모으고, 사진을 찍어
	추일 수업에서 사진을 첨부한 시내 지도를 만들 예정.
	조원들로부터 「닌나지의 어느 법사」를 실컷 들었으니까 닌나지에 가보고
	싶다는 신청이 들어왔습니다.
	시간이 있다면 참배하겠습니다.
	※고전문학 선생님이 기뻐할 거라 생각합니다. 현대에서는 닌나지에서
	이와시미즈 하치만궁으로 간단히 갈 수 있지만, 지금 단계에서도 하드
	스케줄로 보이므로 무리는 하지 말아주세요 〈사이토〉
	야외 학습 후, 시간이 남으면 비와호에 가서
	관광을 합니다. 교토역에서 30분 정도 걸립니다.
16시	교토역 집합
19시	도쿄역 도착
20시	마에가사키 고등학교에서 해산

2장 "냐, 냐아아아아아아아!"

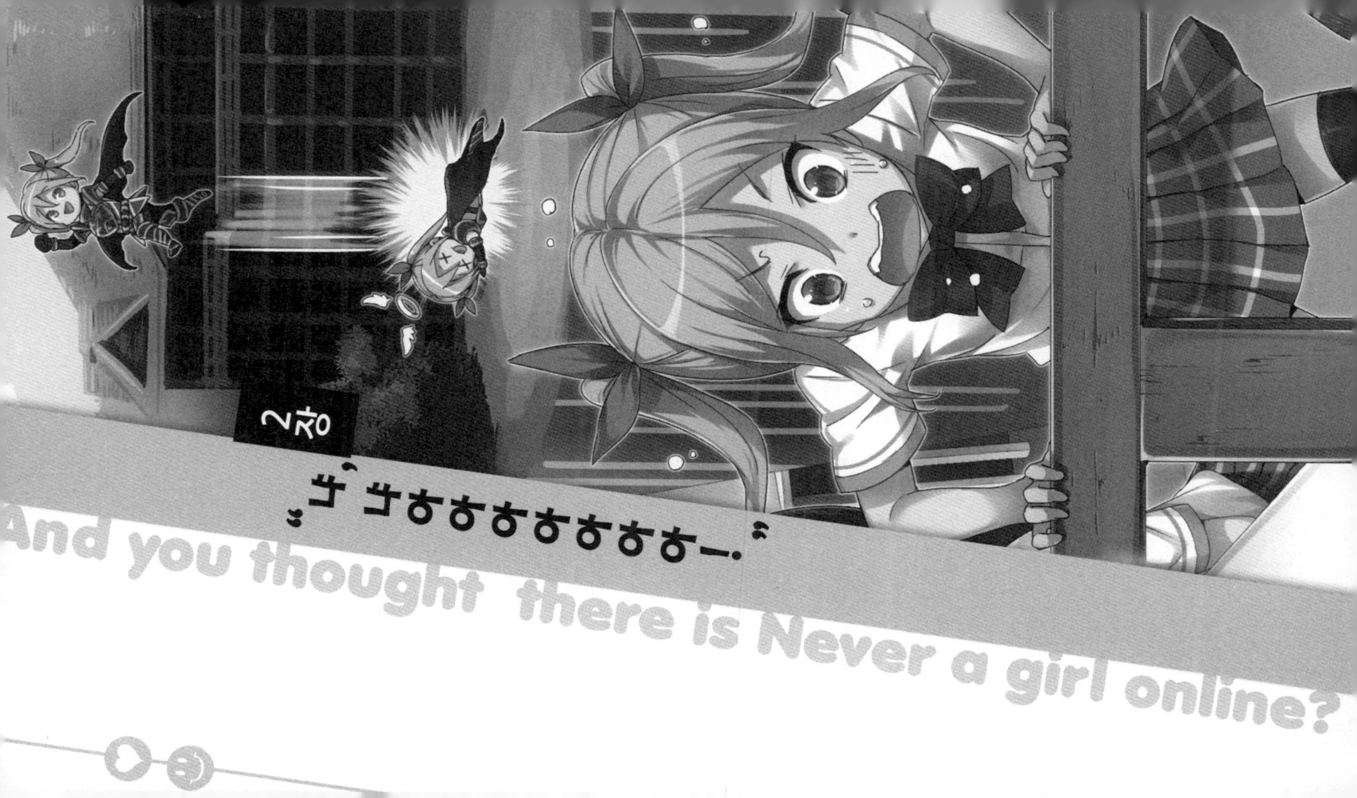

익숙한 교복에, 평소 메던 스쿨백이 아니라 새로 산 보스턴백을 들었다.

나흘 치 짐이 든 가방은 생각보다 가벼워서, 잊어버린 물건이 없나 불안한 기분도 든다.

어젯밤부터 네 번이나 확인했으니 잊어버린 물건은 없을 거다. 그보다 한 번 꺼냈다가 다시 넣었으니까, 오히려 넣는 걸 잊어버릴 것 같은 정도다.

분명 괜찮을 거다. 그렇게 다짐하고 방을 나왔다.

마침내 기다리고 기다리던 수학여행 당일.

준비도 만전이고, 몸 상태도 문제없다.

계단을 내려가는 발걸음도 가볍게 느껴지고, 수학여행도 잘 풀릴 것 같은 기분이 드네!

"좋은 아침~."

"좋~은~아~침~."

거실로 나오자, 소파 등받이에서 미즈키가 고개를 내밀었다.

"어라, 벌써 일어났어?"

수학여행 당일인 오늘은 집을 나서는 시간도 이르다.

아직 아침 여섯 시인데 미즈키가 일어나 있을 줄은 몰랐다.

"그게, 배웅 정도는 해줄까 해서."

"배려심이 좋구나, 여동생이여."

일부러 일어나서 배웅해주다니 귀여운 녀석.

하지만 여동생이여, 이래 봬도 미즈키 네가 태어나고 나서 줄곧 오빠를 해오고 있다고? 네가 생각하는 것 정도는 다 안단 말이지.

"그래서, 뭘 갖고 싶은데?"

"선물은 염색한 천 주머니가 좋을 것 같아~."

"선처하도록 하마."

도시락 상자에 쓸 건가?

그렇게 비싼 것도 아닐 테니 괜찮겠지.

"참고로 그건 내 센스로 골라도 돼?"

"오빠의 센스를 의심하는 건 아니지만, 아키야마 선배한테 부탁해줬으면 하는데."

"위탁 승인."

의심하는 게 아니라는 건, 의심할 여지가 없을 정도로 전혀 믿지 않는다는 거겠지.

이해해, 이해해. 나도 내 센스를 전혀 믿지 않으니까.

"히데키, 잊은 건 없니?"

엄마가 약간 타버린 빵을 식탁에 두며 말했다.

"아마 없다고 생각하지만 불안하긴 하네."

아까도 확인하려다가 그만뒀을 정도고.

엄마는 그런 내게 이해한다는 표정으로 끄덕였다.

"그래. 그렇겠지."

뭔가 달관한 표정이다.

"잊은 물건은 있어. 분명 있을 거야. 엄마는 잘 안단다. 제대로 리스트를 만들고 위쪽부터 확인했을 텐데, 애초에 리스트에 빠져 있었다거나, 가장 위에 적은 게 들어있지 않다거나 그러거든."

"엄마야 그렇겠지!"

뭔가 잊어먹는 점에서는 자신만만하니까!

쇼핑하러 갈 때 지갑을 잊어먹고 나간다는 흔한 레벨이 아니라, 편지를 부치러 간다고 집을 나가놓고서는 그 편지를 잊어먹고 갈 정도고.

"그런 의미로, 엄마가 잊어버린 물건에 대한 완벽한 대책을 가르쳐줄게."

"진짜로? 듣고 싶어, 듣고 싶어."

오오! 오랜 세월 쌓아온 경험을 살린 대책, 꼭 알고 싶다. 어떤 방법일까. 가끔은 엄마의 멋진 모습을 보고 싶은데.

두근두근하며 바라보자, 엄마는 앞치마 주머니에서 지갑을 꺼냈다.

그리고 슬쩍 1만 엔짜리 지폐 한 장을 테이블에 놓았다.

"잊은 물건은 현지에서 사면 되는 거야."

"그건 대책이 아니야!"

뭐야, 그 조잡한 대처법! 결국 잊어버렸잖아! 역시 엄마는 엄마네!

"정말이지, 기대해서 손해 봤어."

"……그런 소리를 하면서도, 돈은 받네."

"돈에 죄는 없잖아."

실제로 살 수밖에 없을 때도 있을지 모르니까.

수학여행 용돈일 테니 고맙게 받겠습니다.

"그리고 이 돈이 미즈키의 주머니가 되는 거라고?"

"엄마, 한 장 더 주면 안 돼?"

"그래. 신발 안에 1만엔 정도 더 넣어두는 편이 좋겠어."

"걷기 힘들 것 같으니 괜찮습니다."

위험지대에 가는 것도 아니고.

그렇게 이런저런 이야기를 나누며 빵을 다 먹고, 가방을 휙 들고 준비를 마쳤다.

"그럼 갔다 올게~."

"조심해서 다녀와~."

휙휙 손을 흔드는 미즈키를 보며 문득 떠오른 게 있었다.

"아, 미즈키."

"응?"

"학교에 남는 마스터, 잘 부탁해."

그 사람, 바로 쓸쓸하니까.

그 말을 들은 미즈키는 순간 허공에 시선을 보내더니, 이렇게 대답했다.

"······손수건도 부탁해."

"그래, 알았어."

잘 부탁합니다.

꽤 일찍 온 줄 알았는데, 조금 늦은 정도인가.

마에가사키 고등학교 주차장에는 2학년 거의 전원이 모여 있었다.

호주행과 국내행으로 나뉘는 것 같아서 국내 쪽으로 걸어가자— 우왓, 인원이 적어! 해외 인기 너무 많잖아!

"이야~, 마침내 왔구나. 이날이!"

"난 어제 거의 안 잤다니까."

"잠이 안 와서 계~속 이불 속에서 휴대전화 보고 있었어."

"그러니까 잘 수 없겠지. 나는 계속 근력 운동했어."

"그럼 오히려 잠이 안 오지 않아?"

"좋은 아침~."

"오~ 니시무라 루시안! 늦었잖아!"

"그 호칭, 현지에서는 절대로 부르지 마라."

가능하면 아코도 부르지 말았으면 할 정도인데.

그렇게 약간 텐션이 높은 남자아이들과 마찬가지로, 여자아이들 쪽도 기운찼다.

"자, 드디어 이날이 왔네! 퀘스트를 참고 푹 잔 만큼, 즐기자!"

"게임에 대해서는 가급적 잊어버리자."

의욕이 넘쳐나는 세가와, 평소와 같은 교복인데도 왠지 조금 반짝반짝해 보이는 아키야마.

"루시안, 잘래요~."

"졸린 게 아니라 『잘래요』냐."

"상태이상이라고요."

"그럼 내버려 두면 낫겠네."

"쿠울."

"달라붙어서 자지 말라고 했잖아!"

"잖~아~."

그리고 평소 그대로의 아코였다.

"타카사키~, 야츠하시#9 전원 몫 사오라고~!"

"캥거루 육포 사올 테니까~!"

"필요 없어! 벌칙 게임이냐!"

"어, 진짜로 사올 예정인데?!"

"아, 오오…… 왠지 미안."

해외로 가는 아이들과 그렇게 큰소리로 대화하던 중, 마침내 그 시간이 찾아왔다.

"모두 조용! 출발식을 시작한다!"

학생주임의 고함소리에 서서히 조용해졌다.

마침내 수학여행 스타트다.

#9 야츠하시 일본 전통 과자. 교토 명물이다.

아~, 왠지 두근두근을 넘어서 몸속이 근질근질한, 이상한 느낌이 들어! 빨리 보내줘, 빨리! 교장선생님 말씀 같은 건 필요 없으니까!

"지금부터 마침내 수학여행을 출발하게 됩니다. 즐기라는 말은 하지 않겠습니다. 하지만 남에게 폐를 끼치는 짓을 해서는 절대 안 됩니다. 마에가사키 학생으로서는 물론이고, 수학여행을 나온 학생, 나아가서는 일본의 학생 대표로서 부끄럽지 않은 행동을……."

근질근질한 나를 제쳐놓고 훈화가 계속 이어졌다.

"루시안, 루시안."

같은 반인데도 옆에 서 있던 아코가 내 팔을 콕콕 찔렀다.

"왜 그래?"

"저기 좀 보세요."

아코가 배웅하는 선생님 쪽을 가리켰다.

담임은 아니지만 2학년 교과를 담당하는 선생님들이 출발할 때만 일부러 배웅하러 나왔다.

그중에 교복을 입은 학생이 끼어 있었다.

길고 아름다운 흑발에, 어른들 사이에 끼어 있는데도 빛바래지 않는 자신감 넘치는 표정.

우리의 부장, 고쇼인 쿄우가 그곳에 있었다.

아니, 왜 있는 거야?! 볼일 없잖아?!

'오오, 눈치챘나. 루시안.'

아연실색하고 있는데, 마스터는 그런 표정을 지으며 윙크를 했다.

'마스터, 왜 있는 거야?!'

'당연히 배웅하러 온 거지.'

씨익 웃는 표정을 보니 그런 생각을 하는 것처럼 보였다.

'즐기고 올게요!'

'음, 마음껏 즐겨라.'

아코와 마스터가 그런 시선을 나눴다.

그때, 아코에게서 시선을 뗀 마스터가 조금 진지한 표정을 내게 보냈다.

'루시안.'

'어.'

'……잘 해라.'

'고마워. 결판을 내고 올게!'

엄지를 척 세우자, 마스터도 끄덕여주었다.

"그럼 마에가사키 고등학교 2학년 일동, 수학여행을 출발하겠습니다."

마침 그 타이밍에 출발식이 끝난 모양이다.

수학여행 위원 — 왠지 모르게 그런 직함이 한 반에 두 명 있었다 — 의 위원장이 그렇게 말하면서, 마침내 수학여행이 시작되었다.

"그럼 국내는 이쪽 버스로. 저쪽 버스에 타면 안 돼, 나리타 공항으로 끌려가니까."

사이토 선생님이 그렇게 말하며 빨간 대형 버스로 우리를 이끌었다.

"나리타 공항에서 비행기 타고 나라에 가면 안 되나요~?"

"유감이지만, 나라에 공항 같은 건 없거든?"

"진짜로?! 나라, 장난 아니네."

버스 짐칸에 가방을 넣으면서 문득 깨달았다.

어라? 선생님은 여기로 오는구나.

"국내로 따라오시는 건가요?"

"선생님은 호주인 줄 알았어요."

나와 아코가 묻자 선생님은 어깨를 으쓱했다.

"현대문학 선생님이 해외에 동행해서 어쩔 거니."

"그것도 그러네요."

영어 선생님이 문법, 독해, 회화까지 세 명 정도 있는데, 현대문학 선생님이 해외에 가는 것도 이상한 이야기다.

"그리고 너희가 걱정되니까, 희망신청서가 나온 단계부터 국내에 신청해뒀어."

"수고를 끼쳐드리게 되었네요."

"괜찮아. 작년 이맘때 정도로는 걱정하지 않는다냐."

선생님은 작은 목소리로 말하며 살짝 웃었다.

"오늘 세 바퀴 클리어."

"아직 첫 바퀴에요오."

"클릭 조작으로는 무땅을 움직일 수 없으니까, 시간 엄청 걸려!"

"이런 부분은 변하지 않았지만……."

"정말 수고를 끼쳐드리게 되네요."

버스에 타는 순서를 기다리는 짧은 시간을 써서 열심히 퀘스트를 하는 녀석들을 본 선생님은 지친 미소를 지었다.

그 후, 버스로 이동한 후 신칸센에 탔다.

원래는 열차 여러 칸을 전부 빌리게 되지만, 마에가사키 고등학교 전용이 된 것은 한 칸뿐이었고, 그것도 꽤나 공석이 있는걸 보니 국내행이 얼마나 적은지 알 수 있었다.

하지만 이런 건 오히려 공간이 남아서 떠들기 좋다는 느낌 밖에 나지 않는단 말이지!

"이 자리, 마주 보게 만들자! 어디 보자…… 이거? 이 스위치?"

"그거 아냐? 자, 움직였다, 움직였어."

2인 좌석을 빙글 돌려서 마주 보게 만들었다.

"오~, 수학여행 같아!"

"분위기 나네!"

"제가 루시안 옆으로 갈 거예요! 제 자리예요! 뺏어가면 안 돼요!"

"아무도 뺏어가지 않으니까 괜찮아."

기분 좋아 보이는 아코가 내 옆에 앉아 좋은지 등받이를 위아래로 흔들었다.

좋아, 지금 아코는 텐션이 높고, 기분도 좋아. 순조롭네.

나는 아코를 곁눈질하며 휴대전화 어플을 켰다.

화면에는 【첫날 체크 포인트 메오토 다이코쿠샤 평가 C 예정시각 15시 30분】이라고 적혀 있었다.

【니시무라】타깃의 상태는 양호, 미션은 순조롭게 진행 중.

【애플리코트】아직 미션 초반이다. 초조해하지 말고 임무를 수행할 것.

【니시무라】알았어.

【애플리코트】행운을 빈다.

마스터와 짧은 대화를 나누고 휴대전화를 닫았다.

하는 일은 변하지 않지만, 이렇게 상담할 상대가 있는 것만으로도 마음이 진정되네.

응, 역시 마스터에게 상담해서 다행이다.

"뭐야, 벌써 퀘스트 시작했어?"

"아무리 그래도 아직이야. 수학여행은 이제 막 시작이잖아."

"그래. 즐겨야지."

여유는 있으니까, 라고 웃으며 말한 아키야마가 가방에서 과자를 꺼내 늘어놓기 시작했다.

"아, 쿠키 구워왔어요."

아코도 가방에서 예쁘게 포장된 쿠키를 꺼냈다.

"그거 언제 구운 거야?"

"어젯밤은 잘 수가 없어서, 기왕 이렇게 된 김에 구웠죠."

"여행 전날의 어린애도 아니고."

"그야말로 딱 들어맞는다고 생각하는데요!"

"나도 별로 잘 수 없었어."

너무 기대돼서 좀처럼 잠이 안 오는 바람에, 자려고 했더니 벌써 아침이더라니까.

"오, 쿠키 맛있네."

"맛있나요? 대성공~!"

"내가 만든 것하고 뭐가 다르길래……"

"아카네하고 아코의 차이는, 레시피대로 따라하는가 따라하지 않는가 아닐까?"

아키야마가 그렇게 말하며 수학여행 안내서를 펼쳤다.

"음, 일정을 보면 여기서 조별 확인을 하게 되어 있으니까, 간단하게 할게."

"네~."

"조장은 나고, 부조장은 니시무라. 나한테 무슨 일이 있을 때는 니시무라가 조를 잘 부탁해."

"아무 일도 일어나지 않기를 바라."

수학여행 중에 무슨 일이 생기면 무섭잖아.

내 일은 요컨대, 여자가 즐겁게 정할 테니까 얌전히 있어주세요, 같은 느낌이다.

"아카네는 스케줄러. 시간과 일정 관리를 부탁해."

"타임키퍼 아카네에게 맡겨둬. 이래 봬도 미아 스킬은 별로 없으니까!"

"아예 없는 건 아니네요."

"가끔은 미아가 되는 것도 좋은 추억이잖아?"

"그런 추억은 없는 편이 나아!"

진짜로 봐줬으면 좋겠다!

"마지막으로 아코는……."

"이거네요!"

아코가 진지한 표정으로 가방에서 봉투 몇 개를 꺼냈다.

이건 수학여행에 부과된 우리의 최중요 임무―.

"고양이공주 퀘스트네……!"

"네!"

고양이공주 선생님이 낸, 수학여행을 즐기고 있는지를 증명하기 위한 퀘스트― 이름하여 고양이공주 퀘스트다.

이걸 모두 달성하는 것으로 우리는 수학여행을 최고로 즐겼다고 인정받을 수 있다.

그 대신 리모트로 온라인 게임을 하는 것을 묵인해주는 거다.

일부러 이런 걸 준비하는 게 선생님이 남들을 잘 돌봐준다는 증거겠지.

"각자 현지에 도착하고 나서 열게 되어 있으니까, 아코가 확인을 부탁해."

"퀘스트 관리, 열심히 할게요."

"해야 할 일이 알기 쉬운 게 좋네."

"즐기고 왔다는 걸 증명할 수 있으니까."

모든 퀘스트를 클리어하고, 주회 할당량도 완수해서, 선생님에게 의기양양하게 웃어 보일 수 있게 되는 것이 우리의 목적이다.

지금도 선생님이 멀리 있는 자리에서 제대로 하라냐, 라는 표정으로 이쪽을 보고 있었다.

"그리고 이르긴 하지만, 신칸센에서 하는 퀘스트가 있어요!"

"벌써 있어? 빠르네."

"아코, 내용은?"

"열어볼게요."

아코는 봉투를 찌지직 뜯고 그 안에서 종이 한 장을 꺼냈다.

"으음…… 이거예요!"

●후지산을 배경으로 하는 사진 촬영에 도전하라냐 0/1

"후지산?!"

"신칸센에서 보이던가?"

"보이긴 하지만, 그렇게 길지 않은 것 아닐까? 시간제한이 있네."

처음부터 타이밍이 한정된 빠듯한 퀘스트가 나왔어!

"후지산은 몇 시 무렵이야?! 아직이지?!"

"시간을 조사하자!"

"오른쪽인가요?! 왼쪽인가요?!"

이 퀘스트의 목적이 『도전한다』는 것이고 딱히 무리해서 성공할 필요는 없다고 깨달은 것은, 후지산 끄트머리가 비친 사진이 모두의 휴대전화에 저장된 뒤였다.

소란을 부리고, 퀘스트도 하면서 교토역에 도착했다.

전철을 갈아타서 다시 수십 분—.

"자~, 예정대로 시간에 맞춰 전원 무사히, 나라 공원까지 올 수 있었네."

선생님이 5반 일동 앞에서 안심한 표정으로 말했다.

"선생님, 여덟 명밖에 없는데 일행을 놓칠 리가 없잖아."

"그렇지 않거든? 인원이 적기 때문에, 잠깐 집단에서 떨어지기만 해도 벌써 어디로 갔는지 모르게 되어 버리니까."

조심하라고 말한 선생님은 우리를 돌아봤다.

"그럼 여기서부터는 자유행동이네. 점심을 먹고, 집합시간은 오후 네 시야. 다들 다치거나 사고를 내지 말렴. 선생님은 이 주변에 있을 테니까, 무슨 일이 생기면 바로 연락해야 해."

"네~."

스마트폰을 휙휙 흔드는 선생님에게 저마다 대답을 하고, 나라 공원 산책을 시작했다.

다른 반도 조별로 각자 흩어졌다.

"루트로 따지면 우선 나라 공원 관광이네."

"사슴이 떼거지로 나오는 걸로 유명한 곳이야. 조심해."

떼거지라니 세가와 너, 사슴은 딱히 적이 아니거든?

"하지만 정말로 사슴이 엄청 많네요."

"생각보다 많네."

여기도 사슴, 저기도 사슴, 그리고 저기 눈앞의 나무 밑에서 자고 있는 것도 사슴.

풍겨오는 것은 자연의 냄새와, 야생동물 냄새와, 이건 분명 사슴 똥 냄새인가. 엄청난 양의 사슴이 이곳저곳에서 어슬렁거리고 있으니 그야 그렇겠지.

"그래서, 여기 퀘스트는?"

"네. 개봉할게요~."

짜잔, 하고 펼친 그것은—

●사슴에게 사슴 전병을 먹여주라냐 0/1

"사슴 전병이네! 애초에 할 생각이었으니까, 바라던 바야!"

"안에 사슴 전병값도 들어있어."

"정말 꼼꼼하네. 선생님."

"이리 줘. 내가 살 테니까!"

세가와가 아코에게 손을 뻗어서 동전을 받았다.

"세가와가 할 거야? 나라 공원의 사슴은 흉포하다고 들었는데."

"나도 그렇게 들었지만, 왠지 다들 느긋해 보이지 않아? 여기 봐봐."

세가와는 근처를 걷는 사슴의 등을 몽실몽실 만졌다.

그리고 조금 미묘한 표정을 지었다.

"……그다지 감촉이 좋지 않네."

"그야 야생동물이니까."

애완동물이 아니잖아.

"아무튼 사올게."

"조심하세요."

"괜찮아, 괜찮아~!"

세가와는 스킵이라도 할 기세로 사슴 전병을 파는 누님 쪽으로 걸어갔다.

"얌전한 것 같고, 괜찮아 보이네."

"그렇……죠?"

아코가 주변에 시선을 보내며 슬금슬금 내 쪽으로 다가왔다.

"저기, 루시안?"

"왜 그래?"

"주변의 사슴들이, 조금씩 다가오고 있지 않나요?"

"……확실히."

사슴들이 슬금슬금 다가오고 있었다.

그것도 우리 쪽으로 오는 게 아니다. 누님에게 돈을 주는 세가와 쪽으로 가고 있었다.

"저기, 이거 막는 편이 좋을까?"

"이미 늦은 기분이……."

그때, 사슴 전병을 파는 누님이 사슴 전병을 건네준 직후, 세가와의 등을 탁 밀었다.

"자, 아가씨. 달려!"

"달리라니…… 어, 앗, 잠깐, 꺄아아아아아아아악!"

우와아아아, 사슴들이 엄청난 기세로 세가와에게 달려가고 있어!

뭐야, 이 사슴 러시!

"도망쳐요, 슈~!"

"조금 전까지의 한가해 보이는 태도는 어디로 간 거야아아아아아!"

"서둘러, 세가와! 이쪽이야!"

세가와는 비교적 사슴이 적은 우리 쪽으로 달려왔다.

말은 이렇게 했어도, 도와줄 방법 같은 건 전혀 없긴 하지만!

"니시무라~!"

달려오던 세가와가 어째서인지 내 쪽으로 손을 뻗었다.

어? 뭔데? 어떻게 해야 하는데?!

"오, 오우?!"

무심코 나도 손을 뻗었다.

"패스!"

"오케이! ……뭐어?!"

어, 뭐? 패스?! 무심코 받아버렸는데, 이건 설마―.

"사슴 전벼어어어어어어엉!"

"절반은 너한테 맡겼어!"

"맡기지 마아아아아!"

"어그로를 따는 게 네가 할 일이잖아!"

우와아아악! 내 쪽에도 사슴이 몰려오고 있어!

"에잇, 이렇게 되면! 한 장씩, 한 장씩이야! 싸우지 말고 사이좋게 아야야야얏! 물지 마! 물지 마! 박치기하지 마!"

"발을 멈추면 안 돼! 카이팅#10이야, 카이팅!"

"왜 사슴을 몰고 다녀야 하는 거냐고!"

나와 세가와는 사슴들을 몰며 카이팅을 반복했다.

어째서 이렇게 된 거냐고! 우리는 즐겁게 사슴에게 먹이를 주고 싶었을 뿐인데!

"……세테 씨, 두 사람만 싸우게 할 수는 없어요."

"그러게, 우리도……!"

아아, 두 사람이 사슴 전병을 파는 누나 쪽으로 달려갔어!

"설마, 너희까지……."

"그만둬, 전멸할 거라고!"

"무슨 소리인가요. 저희는 동료잖아요!"

"맞아, 넷이서 분산되면 이 정도의 숫자는 괜찮아!"

확실히 한두 명이면 상대하기 벅차지만, 넷이서 분담하면 사슴을 상대할 수 있을지도 모른다.

#10 **카이팅** 원거리 공격이 가능한 캐릭터가 상대방과 일정거리를 유지하며 싸우는 행동을 뜻하는 게임용어.

"자, 이쪽으로 오렴~."

"밥을 줄게요~."

세테 씨와 아코도 사슴 전병을 뿌리기 시작해서 사슴이 그쪽으로 흘러갔다.

이걸로 여유가 생긴다면— 어라?

"줄지 않……았지?"

"오히려 늘고 있지 않아?"

왠지 숫자가 줄어들기는커녕, 점점 늘어나고 있는데?!

"저기, 다른 곳에 있던 사슴들도 이쪽으로 오고 있는데요!"

"어라?!"

보이는 범위에 있던 사슴이 점점 다가오고 있어!

"도발 쓴 거 누구야!"

"내가 아니야! 여기 보지 마!"

"사슴의 야생이! 야생이 개방되었어요!"

"빨리 전병을 뿌려! 죽어! 진짜 죽어! 먹힌다고!"

"먹지 말아주세요오오오오오!"

"이런 사냥놀이는 싫어~!"

"굉장해~!"

"즐거워~!"

"즐겁지 않아아아아아아!"

사슴 프렌즈에게 계속 쫓기면서 가까스로 먹이를 주는 사진을 찍은 무렵에는 이미 숨을 헐떡이고 있었다.

"설마 첫 퀘스트부터 이렇게 지칠 줄이야……."

"목이 말라요~."

첫날, 그것도 첫 관광지에서 이렇게 달리게 될 줄은 몰랐다…….

"타임키퍼 아카네 씨가 보건대, 슬슬 이동할 시간이야."

"어느새 나라 공원을 한 바퀴 돌았으니까, 괜찮지 않을까?"

"오히려 도망쳐다녀서 사슴을 모았던 것 아닐까요."

맵 전체를 돌아다녀서 사슴을 낚아온 느낌조차 든다.

"그럼 다음은 오층탑이네. 이쪽으로 가면 가까울…… 기야."

"가자, 가자."

뚜벅뚜벅 걸어가기를 몇 분…….

"이것이 바로 코후쿠지의 오층탑입니다~."

아키야마가 투어 안내를 하듯이 말했다.

"……굉장하네~."

"크네요~."

엄청 옛날에 지었다고는 생각하지 못할 만큼 훌륭한 오층탑이었다.

역사에는 그다지 흥미가 없는 나조차도 압도당할 만큼의 파워가 있었다.

"왠지 다섯 번 정도 불타고 다시 지어서, 여기 있는 건 600년 정도 전에 지은 거야. 말할 것도 없이 국보네."

"대충대충 해설이네."

"오히려 기억하고 있는 게 대단하다고 생각하는데?"

"사전에 조사했다니까."

그런가? 아키야마라면 평범하게 기억하더라도 놀라지 않는데.

"그럼, 아코. 여기서 고양이공주 퀘스트 있어?"

"있어요! 열어볼게요!"

부스럭부스럭 가방을 뒤진 아코가 봉투를 꺼냈다.

그리고 안에 들어있던 종이를 열자ㅡ.

"으엑……."

뭐야? 왜 그렇게, 이 사람 진짜 좀 아닌데…… 같은 표정을 짓는데?!

"이거, 봐주세요……."

●여기서 시 한 수를 지어보라냐. 하이쿠든 단가든 센류든 뭐든 OK다냐 0/4

"귀찮아!"

"시 한 수라니 어떻게 된 거야!"

"이상한 과제네~."

왜 이런 퀘스트를 낸 거야, 선생님!

"으음, 감을 먹으면……#11 이었던가요?"

"아코, 그건 다른 절이야! 오층탑은 있지만!"

#11 감을 먹으면…… 일본의 절 중 하나인 호류지에 대한 하이쿠 구절.

"뭐라도 지으면 되잖아? 대충 생각해서 메모해두자고."

"그럼 다 됐어요. 루시안하고, 함께 있어서 기쁜, 절간이에요."

하이퍼 대충이네, 아코! 그런 걸로 해도 되는 거야?

그럼 나도 대충—.

"단가로 해도 돼? 올려다보는, 때는 다르더리도, 변함이 없는, 높다란 이정표와, 매미가 나는 광경, 이라든가."

"아키야마?! 왜 제대로 된 걸 생각하는 건데?!"

"진지하게 만들지 말아주세요오오오오오!"

"이 다음에 말하는 거 싫은데! 니시무라, 먼저 만들어!"

"뭐야, 그 무모한 요구!"

에잇, 뭔가 그럴듯한 건…… 아, 그거다!

"탑보다 더욱, 우뚝 솟아 보이는, 빙수의 모습!"

"오층탑이 아니라 저기 있는 노점을 보면서 말한 거지?!"

딱히 상관없잖아!

훌륭한 오층탑이긴 하지만, 메마른 목에는 빙수가 더 훌륭하게 보인다는 해석을 해줘!

"빙수, 으으음……. 이해는 가요. 딸기맛을 먹고 싶어요."

"난 레몬으로 할래!"

"잠깐잠깐! 나도 한 수 읊을 테니까! 생각하고 있다고!"

세가와는 이마에 손을 대고 잠시 그대로 있은 후, 눈을 번쩍 뜨며 탑을 올려다봤다.

"탑의 꼭대기, 그것은 초반부의, 어려운 보스!"

심해! 심하지만, 그래도 말하고자 하는 바는 알겠어!

"있지, 있어. 사천왕 중에서 최약 같은 녀석이 있을 것 같아."

"겨우 1랭크 위의 중급마법 같은 걸 익히는 타이밍이네요."

"국보를 게임 필드로 삼지 마~!"

전원의 시 한 수를 적어서, 여기도 고양이공주 퀘스트 클리어.

빙수를 들고 다음 퀘스트로 이동했다.

20분 정도 걸어서 도착한 곳은 조용한 신사였다.

"왔어요! 여기가 메오토 다이코쿠샤예요~!"

아코가 무척 오고 싶어 했던 메오토 다이코쿠샤다.

"저기, 카스가 타이샤의 본전을 무시하고 와버렸는데, 괜찮아?"

"나중에 참배하자, 꼭!"

메인을 날려버리고 서브퀘를 하는 듯한 플레이가 되어버렸네.

메오토 다이코쿠샤는 그렇게 크지 않은, 아담하고 차분한 느낌의 신사였다.

하지만 차분한 모습과는 반대로, 명백하게 눈길을 끄는 것이 있었다.

"우와, 뭐야? 이 하트 모양 에마!"

하트 모양의 에마가 엄청 걸려있잖아!

"다들 부부 원만, 가내 안전을 원하고 있는 거예요!"

이렇게나 걸어두면 정말로 소원이 이루어질 것 같은 기분이 드네.

"자, 에마를 적어요! 저와 루시안의 부부 원만을 기원하며!"

"괜찮긴 하지만…… 신한테까지 보장받고 싶은 거냐, 아코……."

"그럼 나도 니시무라와 아코를 위해 한 장 적을까?"

"그럼 나도~!"

"잠깐, 디버프 중첩은 그만두라고!"

"디버프라니 무슨 뜻인가요?!"

"저기 말이야, 디버프라는 건 나쁜 상태이상을 말하는데……."

"세테 씨한테 해설을 듣지 않아도 알고 있어요!"

그런 말을 하면서도, 아코는 제대로 에마를 사 왔다.

"루시안, 루시안. 제가 루시안의 이름을 적을 테니까, 루시안은 제 이름을 적어주세요!"

"그래, 그래. 얼마였어?"

돈을 절반 주고, 아코가 『루시안과』, 내가 『아코와』라고 적었다.

그리고 나머지는 뭘 적어야 할지 고민한 뒤—

"줄곧 사이좋게 지낼 수 있기를, 이라고 하죠."

"……제대로 된 소원이네."

내용이 너무 멀쩡해서 당혹스러웠다.

부부라고 인정받을 수 있도록, 같은 무서운 소원으로 할 것 같았는데…….

"그치만 이게 가장 원하는 거니까요."

"……응. 그러네."

그렇지. 다른 소원은 전부 여기서 파생되는 거니까.

나도 진심으로 빌 수 있는 소원이라 다행이다.

제대로 봉납해서, 가호를 빌자.

"줄곧 사이좋게 지내자."

"네!"

둘이서 에마를 봉납하고, 진심으로 기원했다.

줄곧 이 아이와 행복하게 보낼 수 있기를…….

"깔끔하게 끝났네."

세가와가 우리의 사진을 찍으면서 말했다.

"아무리 아코라도, 신에게 이상한 걸 원하지는 않겠지."

"아뇨, 아뇨. 이건 첫 번째라서요."

……뭐?

"첫 번째……라고?"

"네. 두 번째는 아이를 원할까 해서……."

"좋아~! 우리의 용건은 끝!"

"이걸로 끝내기로 하자! 그래!"

"몇 장이나 봉납하면 자리를 차지하니까!"

"에이~."

불만스러운 아코의 손을 잡고 황급히 에마가 있는 곳에서 이탈했다.

위험했다. 하마터면 아이까지 기원할 뻔했다.

이런 수많은 사람이 부탁하는 신이라면 정말로 이루어줄 것 같아서 진심으로 무섭다.

"자자, 그런 것보다 고양이공주 퀘스트를 해야지."

"아, 그랬죠. 퀘스트는……."

아코가 봉투를 열자, 그곳에는 짧은 문장이 적힌 종이기 있었다.

●선생님의 좋은 인연도 부탁해줬으면 좋겠다냐 0/1

"……."

우리는 조용히 신사 앞으로 이동해서, 새전을 넣었다.

"선생님에게 좋은 인연이 있기를……."

"선생님에게도 루시안 같은 사람이 오기를……."

"고양이공주 선생님, 파이팅."

"힘내요, 유이 선생님!"

진지하게 기원했다.

하늘 저편에서 고맙다냐…… 라는 울음소리가 들린 듯한, 그런 기분이 들었다.

하지만 이 신사, 조용하고 엄숙하면서도 어딘가 친근한

분위기가 있어서 무척 좋은 곳이었다.

좋은 곳이긴 하지만…… 그래도 키스할 분위기는 전혀 나지 않는단 말이지…….

어쩌지? 일단 여기는 첫날 후보인데…… 아, 맞다!

【니시무라】서포마, 서포마.

여기서는 믿음직한 마스터의 차례다!

어떻게든 마음이 두근거리는 분위기로 만드는 방법이 있을 거다!

【니시무라】첫날 제1체크 포인트, 청정한 분위기는 있지만 연애 분위기가 없어. 어드바이스 부탁해.

【애플리코트】요구를 승인. 서포마 선택지를 제시하마.

오오, 바로 대답이 나왔어! 역시 마스터야!

【애플리코트】★선택지

【애플리코트】●사랑을 속삭이며 억지로 분위기를 만든다.

【애플리코트】●이 자리는 어쩔 수 없다, 내일을 믿자.

【애플리코트】●그런 것보다 배가 고프네.

"……."

이 선택지라면…… 응, 그거네.

"저기, 다들 슬슬 밥 먹지 않을래?"

"네! 배가 고파졌어요!"

"점심은 솥밥 가게에 가는 거지? 점심시간도 지났고, 비어 있는 시간 아닐까?"

"카스가 타이샤에 참배를 하고 나서!"

사랑을 속삭이면서까지 억지로 분위기를 만들 용기가 없는 이상, 포기할 수밖에 없지!

그리고 점심을 먹은 뒤…….

【니시무라】보고, 선택지는 3을 골랐어.

【애플리코트】음, 타당한 판단이군.

【니시무라】참고로 점심은 솥밥을 먹었어.

음식 테러 한번 해볼까 해서 솥밥 사진을 보냈다.

【애플리코트】현재, 여름방학 전의 조리부에 잠시 실례하고 있다.

양동이 같은 사이즈의 푸딩 위에 대량의 아이스크림과 과일을 올린 물체와 함께 찍힌, 미즈키와 마스터의 사진이 날아왔다.

우와, 굉장해. 조리부는 대체 뭘 만드는 거야.

"꽤 하네, 마스터…… 음식 테러 같은 거로는 굴하지 않는 건가……."

"마스터가 어쨌는데요?"

"자, 이거 봐봐."

"뭔가요, 이 커다란 푸딩!"

잔류조도 잔류조 나름대로 즐기고 있는 것 같았다.

††† ††† †††

"아~, 앉아 있었을 뿐인데 왠지 지쳤어……."

"저는 아직 어깨에 위화감이 있어요오."

"아코, 꽤나 얻어맞았으니까."

관광이 끝난 뒤 다시 집합해서 이번에는 야외 학습 시간이었다.

불교 체험이라고 해서 한 일은 좌선수행. 나나 아코는 수시로 찰싹찰싹 얻어맞았다.

이야~, 집중하지 않는다는 건 바로 들키는구나. 그것만으로도 굉장하다고 생각해.

"근데 아코, 얻어맞았다고 해도 우레탄 봉이잖아?"

"아프지는 않았지만, 몇 번이고 계속 맞아서……."

"네가 들썩거려서 그렇잖아."

아코, 몇 번이나 얻어맞은 탓에 후반에는 무시당했었지.

"나도 꽤 맞긴 했지만."

"니시무라도 집중하지 못했어?"

"잡념이 있었던 걸까……."

내일 이후, 어디서 키스를 노릴까— 같은 생각을 했었으니까.

번뇌도 번뇌이니만큼, 당연히 얻어맞을 만했다.

"온라인 게임이라면 집중할 수 있었겠지만."

"원킬 사냥이라면 무심하게 할 수 있죠."

"완전히 명경지수(明鏡止水)네."

"그 집중력을 다른 곳에 쓰면 안 될까?"

"우리에게는 절대 무리야."

그런 이야기를 하며 잠시 걸었다.

"다들 수고했어. 도착했단다."

선생님들을 따라 도착한 곳은 커다란 일본식 건축물로 된 여관이었다.

굉장해, 그야말로 일본 여관이라는 느낌이야!

"여기가 오늘의 숙소야. 호화롭지?"

"일본식이네요!"

"여긴 파자마가 아니라 유카타일까?"

"그럴지도. 방에 있을까?"

"여관 안에서는 체육복을 입으렴. 꼭 입어야 해."

"네~."

전혀 들을 생각이 없는 대답이 여자아이들 쪽에서 나왔다.

이건 지킬 생각이 없군. 틀림없어.

"그럼 남자는 호랑가시나무 방, 여자는 등나무 방이야. 다른 반 아이들도 같이 있으니까 친하게 지내렴."

"예~입."

"준비가 되면 바로 대목욕탕에서 목욕, 일곱 시부터 넓은 방에서 저녁을 먹으니까 늦지 않게 와야 해."

"네네~."

"……됐으니까 빨리 들어가자는 리액션을 봐서, 이야기는 여기까지. 다른 손님에게 폐를 끼치지 않도록, 조용히 즐기렴."

예~! 라는 전혀 조용하지 않은 대답을 하고 모두 함께 여관 안으로 들어갔다.

부활동에서 여행을 가본 적은 있지만, 대부분 서양식 호텔이나 별장이라서 이런 일본풍이 느껴지는 곳은 신선하네.

"좋았어, 가자. 타카사키, 맛츤."

"오~우, 바로 짐 내리자고."

"진짜로 땀범벅이야. 바로 체육복 입어야겠어."

신발을 벗고 올라가려고 하는데, 뒤에서 누가 손을 꽈악 잡았다.

"우왓, 뭐야?!"

"루시안~!"

어째선지 울상인 아코가 내 손을 덥석 움켜쥐고 있었다!

"왜, 왜 그래? 무슨 일 있어?"

"우우, 모처럼 온 여행인데 여기서 루시안하고 헤어지다니 쓸쓸해요."

"쓸쓸하다니…… 그야 그렇잖아……."

"루시안도 이쪽 방으로 오면 되잖아요!"

"너 말이야…… 우리만 있으면 모를까, 다른 반 애들도 있잖아."

"그래그래. 포기하자."

"우우우, 루시안! 아이 윌 비 백!"

"돌아오지 말라고~."

그쪽도 그쪽대로 즐겨~.

끌려가는 아코를 배웅하고, 기다려준 남자아이들을 돌아 봤다.

"미안, 미안. 가자, 타카사키, 맛츤."

"……야, 니시무라."

"응?"

맛츤이, 묘하게 감정이 빠져나간 눈으로 말했다.

"방금 세가와가 말이지, 『우리만 있으면 모를 ╱╱~』라고 하 지 않았냐?"

"말했는데."

"너, 저 세 명하고 같은 방에서 묵을 수 있는 위치야?"

"……농담으로 했을 뿐이겠지."

전원이 같은 방에서 잔 적이 있습니다, 라고는 도저히 말 할 수 없다.

슬쩍 눈을 돌리며 얼버무리려 했다.

"그쪽을 조금? 오늘 밤? 차분하게 캐볼까?"

"그것밖에 없지 않아?"

"그~만~둬~."

그 화제는 넘어가고, 평소 멤버도 좋지만 이렇게 남자들이 랑 같이 있는 것도 수학여행이라는 느낌이 들어 좋네.

아, 맞다.

【니시무라】숙소에 도착했다 나우.

여관 사진을 마스터에게 보내줬다.

【애플리코트】부활동 나우.

바로 사진이 첨부된 답신이 날아왔다.

사진에는 우리 자리에 대신 앉아서 부활동을 즐기는 미즈키와 미캉이 찍혀 있었다.

그렇다면 그 양동이 푸딩, 벌써 다 먹었어? 빠르지 않아?

뭐, 즐겁게 해나가고 있어서 다행이다.

"미캉한테도 선물을 사다 줄까."

미즈키와 짝을 맞춰서 사주면 싫어하지는 않겠지. 아마도.

"넓어!"

"오호, 뭐야? 이거. 호화롭지 않아?"

"그냥 여행 왔을 때 묵으면 얼마가 들지 모르겠네."

호랑가시나무 방은 상당히 넓은 일본식 방으로, 창문에서 뜰을 내다볼 수 있는 무척 좋은 방이었다.

"아, 5반 왔네."

"잘 부탁해~."

오, 남자아이들 몇 명이 먼저 방에서 기다리고 있었다.

다른 반하고 같은 방이란 말이지.

"어라, 무랏치하고 후지농에 켄타가 같은 방이야? 뭐야,

이 그리운 멤버!"

타카사키의 말을 듣고 떠올랐다.

오오, 1학년 때 같은 반이었던 무라타하고 후지노하고 켄타로잖아?

으음, 무라타— 무랏치는 만화연구부라 이야기가 잘 통했던 게 기억난다. 취재라면서 자주 사진을 찍었는데, 오늘노 카메라를 들고 있다.

후지노— 후지놉은 분명히 귀가부였다. 하지만 게임 센터에 자주 가서 격투 게임을 잘 했었다.

켄타로…… 성이 뭐였더라? 뭐, 켄티는 수영부였지만 꽤나 오타쿠에 가까운 타입이라 게임 이야기 같은 걸 했던 게 기억난다.

……왠지, 대부분 리얼충 쪽이 아닌 멤버들이네.

일부러 국내를 고르는 건 비슷한 부류의 녀석들이라 그런가…….

"뭔가 오랜만이네. 반이 나뉜 이후 처음인가?"

"니시무라는 자주 소문을 들으니까, 오랜만이라고 느껴지지 않는데."

"무슨 뜻이야. 무랏치."

내 소문이라니, 대체…….

"그보다 니시무라, 지금에서야 오랜만~이라는 소리가 나오는 게 위험하다고. 여기까지 같이 왔었는데."

"신칸센에서도 쭈~욱 여자아이들이랑 같이 있었지~?"

"내 여자 친구는 나랑 떨어지면 불안정해진다고."

불안해지는 게 아니라, 불안정해진다는 게 포인트다.

"부럽네……."

"여자 친구라고나 할까? 신부랑 같이 있으니까."

"어쩔 수 없나!"

"야, 그 오해는 어디까지 퍼진 거야?"

"뭐, 정말로 오해인지, 자세한 이야기는 밤에 물어보기로 할까~?"

타카사키가 씨익 웃었다.

역시 밤에는 그런 이야기가 되는 거냐…….

"저기, 조금 출출한데, 방에 뭐 있어?"

"만쥬가 있어서 먹었는데."

"어? 없잖아."

"그러니까 먹었다고."

"우리 몫도 남기라고!"

우리는 아무래도 좋은 일로 왁자지껄 떠들었다.

이 수수께끼의 여행 분위기 좋네. 이거라니까!

"지금부터 어쩔까? 밥?"

"그 전에 목욕이지."

"아~, 목욕인가."

"대목욕탕 써도 된다고 했던가?"

"이 시간은 우리 학교가 목욕탕을 통째로 빌렸대."

"그럼 가고 싶다. 난 이미 땀범벅이라서."

"그, 러게."

"가야겠지……."

"아니, 가자고?"

말은 그렇게 했지만, 왠지 다들 움직이지 않았다.

"……다들 왜 그래?"

"아니, 그게……."

무랏치가 나지막하게 말했다.

"목욕탕은…… 혹시나가, 역시니이기도 할까……'?"

"……읏!"

멈칫— 긴장감이 방 안을 스쳤다.

"아~, 혹시나, 라니 무슨 소리야?"

노골적인 국어책 읽기로 물었다.

"그야…… 그거 있잖아."

후지농이 「안 그래?」라며 주변을 돌아봤다.

"인원이 적으니까, 목욕 시간도 같을 거거든? 그렇다면……."

"말하지 마. 다들 알고 있을 거 아냐?"

말하려던 맛츤을 막은 타카사키가 그렇게 말했다.

"응, 나도 알고 있었지만 그냥 해본 소리야."

"그렇단 말이지."

"생각은 했지만 말하지는 않았는데, 무랏치가 말해버렸으니까."

뭔가 분위기가 수상해졌다.

"근데 말이지, 국내 쪽 멤버가 대박이잖아."

"특히 5반이 엄청나지."

"그래, 우리 반. 진짜로 막강하다니까."

"……."

우리 반이 막강하다……라는 건, 이 녀석들이 꾸미는 일이라는 거, 혹시—.

그렇게 생각하며 바라보자, 전원이 얼굴을 마주 보면서 거의 동시에 말했다.

"—엿볼까."

역시 그런 이야기구나, 빌어먹을!

"우선 가능한지 아닌지 봐야지."

"냉정하게 생각해보자."

타카사키가 다과와 같이 놓여있던 여관 팸플릿을 펼쳤다.

근데 타카사키 너, 카오는 괜찮은 거냐. 쓸데없는 말을 하면 위험해 보이니까 일부러 지적하지는 않겠지만.

"우선 중요한 건데, 노천탕은 실존해."

"나, 망원 성능이 좋은 디카 갖고 있어."

"역시 만연 부원, 굿이야. 무릇치, 경계할 교사는?"

"세 명. 이쪽 목욕탕에 한 명, 저쪽 목욕탕에 한 명 있고, 한 명은 불명, 이려나."

"안으로 들어가는 건…… 당연히 무리겠지?"

맛츤이 자기 까까머리를 매만지며 말했다.

"탕 속에 숨는 건 어때? 이럴 때 빛나는 게 수영부의 폐활량이잖아. 그치? 켄타."

"내가 대체 얼마나 잠수해야 하는 건데?"

켄타가 「무리야, 무리」라고 말했다.

"그럼 바깥쪽에서 해야 하나……."

"2층 창문 밖으로 나와서 벽을 따라 여기까지……."

무랏치가 여관 지도를 보면서 여행안내서 빈 페이지에 루트를 슥슥 적었다.

"이거 위험하지 않아? 바깥에서 다 보이는데."

"누군지 모르면 문제없어."

왠지 위험한 이야기가 되었네.

엿보고 싶다는 이야기만이라면 어차피 농담이니까 괜찮다. 하지만 창밖으로 나간다는 건 진짜로 위험하잖아!

"떨어져서 다칠 테니까 그만두라고."

목욕탕 갈 준비를 하면서 조용히 지켜보고 있었지만, 역시 조금은 제지해봤다.

그러자 지금까지 이쪽을 보지 않았던 모두의 시선이 문득 내 쪽으로 향했다.

"……그보다 말이지, 니시무라 넌 왜 침착한데?"

"남 일이라는 느낌이네."

"여자가 있는 녀석은 이러니까……."

켁! 역시 이쪽으로 창끝이 오는구나!

"그보다 네 신부 봐도 되는 거냐?"

"뭣하면 메인 타깃으로 정할 건데."

"잠깐, 노리지 마, 노리지 마. 그건 좀 아니잖아!"

남의 신부한테 무슨 짓을 할 셈이야!

그런 건 절대 용서 못해!

"그게, 내가 비교적 냉정한 건 이유가 있거든."

보더라도 괜찮은 건 아니다.

단순하게 볼 수 있으리라 생각하지 않기 때문이다.

"우리 아코는 원래부터 친하지도 않은 남하고 같이 목욕탕에 들어가는 타입이 아니라고."

"아~, 그런 분위기는 있지."

현재 아코와 같은 반인 타카사키가 고개를 끄덕였다.

"그치? 그렇게나 낯을 가리는데, 세가와나 아키야마라면 모를까 다른 반 애들하고 목욕할 리가 없다 이거지."

특히 일부러 탁 트인 곳에 있는 노천탕이라니, 절대로 들어가려 하지 않을 것이다.

"게다가 목욕도 대충대충…… 목욕탕에 있는 시간이 꽤 짧아."

머리가 그렇게 기니까, 제대로 씻으면 시간이 걸린다. 하지만 모르는 다른 반 여자아이들이 있는 대목욕탕에 오래 있을 것 같지 않다.

"그래서 아무리 노천탕을 엿보더라도 아코는 절대로 없을 거고, 자칫 목표 장소에 도착했을 때는 이미 목욕탕에서 나오지 않았을까."

적어도 아코에 관해서는 세이프일 거다.

"칫……."

"지금 혀를 찬 거 누구야!"

"그야 그렇지! 안 그래?!"

"그치?"

무랏치와 맛츤이 양손으로 뭔가를 조물조물하듯 움직이며 말했다.

그 양손으로 뭔가 주무르는 모션 그만둬!

"그보다 말이야, 어차피 할 거라면 좀 더 안전한 곳에서 하자고. 이 여관 근처에 높은 건물 같은 거 없어? 그쪽에서 하는 게 리스크가 없잖아?"

"오, 좋은 제안이야! 니시무라~!"

"너도 흥미 있냐?"

"그그그, 그렇지 않거든?"

아, 아니거든? 아코 말고 다른 아이들도 있으니까, 막고 싶거든?

막고 싶긴 하지만, 어차피 실행할 수 없는 이런 일 가지고 나중에 남자들 내부에서 미련이 남으면 곤란하잖아?

그리고, 솔직히 말하면 이런 못된 꿍꿍이를 벌이는 거, 조금 즐겁다.

뭐, 아마 실행에 옮기기 전에 적당히 중지되겠지. 우리도 그렇게 바보는 아니고.

바로 그때—.

"어이, 호랑가시나무 남자!"

똑똑 거친 노크와 함께 두꺼운 목소리가 들렸다.

그리고 대답도 기다리지 않고 문이 열렸다.

"너희 아직도 목욕탕에 가지 않은 거냐? 뭐 하는 거야?"

들어온 사람은 우락부락한 아저씨였다.

야구부 고문 교사를 맡고 있는, 우리 학교 최강의 체육 교사— 교내에서 거스르는 학생이 없는 학생주임 요시다 선생님이었다.

"……요시쌤, 국내로 오셨군요."

"내가 호주로 갈 면상으로 보이냐? 응?"

"하긴 그렇죠."

맛츤이 질색하며 말했다. 야구부인 맛츤에게는 고문 선생님이니까.

전원의 의욕이 떨어지는 걸 알 수 있었다. 버서크 상태가 해제된 것처럼 점점 냉정함을 되찾았다.

실제로 하는 모습을 보지는 못했지만, 질 나쁜 학생에게는 철권제재도 불사한다는 소문의 요시쌤(요시다 쌤의 약

자) 앞에서 엿보기 같은 건 못하지.

약간 유감스러운 기분도 들지만, 이걸로 됐다. 그래.

"그럼…… 갈까……."

"오우……."

"왜 이렇게 기운이 없는 거냐? 수학여행에서의 목욕탕이라고?"

요시쌤이 의아해했다.

"아니…… 같은 시간에 여자애들도 들어간다고 생각하니……."

오, 능숙하게 변명했네. 타카사키.

고릴라 같은 요시다 선생님 닷에 후덥지근함이 더욱 심해졌으니 설득력이 있기도 하고.

"아앙? 뭘 모르네."

그런 우리에게, 선생님은 약간 검게 탄 얼굴로 씨익 웃었다.

"여기는 국내를 선택한 수학여행에서 매번 사용하는 여관이라서 아는 건데……."

"네."

"대목욕탕 천장에 커다란 틈새가 있어서, 여탕에서 나오는 목소리가 들리거든."

흐~응, 틈새라…….

……어?

"그것도 상당히 깨끗하게 말이지. 무슨 뜻인지 알겠냐?"

모두가 침을 꼴깍 삼키는 소리가 들렸다.

"그렇다면, 여자애들끼리 씻겨주는 소리라든가……."

"가슴 크기 비교라든가?"

"설마 서로 주물러주기도 하고!"

우리의 망상이 부풀어갔다.

이건 엿보지 않더라도 충분한 수확이 있잖아!

"잠깐만, 다들 냉정해져."

그때, 손바닥을 척 들어 올린 무랏치가 말했다.

"내가 들어본 적이 있어. 여자끼리 목욕탕에 들어가도 그런 즐거운 대화는 없대. 남자는 너무 꿈을 꾼다더라고."

"진짜냐."

"남자끼리라도 근육 비교 같은 건 하니까, 없지는 않을 것 같은데?"

"맛츤, 그건 운동부 한정이거든?"

보통은 안 한다고.

어라? 하지만 우리 일행은 서로 씻겨주거나 그런 일을 했던 것 같은데…… 그건 특수한 사례인가?

그런 대화를 나누던 우리에게 요시쌤이 팔짱을 끼며 말했다.

"잘 알고 있잖아, 무라타. 바로 그거다. 여자끼리는 색기 넘치는 대화 같은 건 안 해."

"에이, 의미가 없잖아요!"

"역시나!"

"요시쌤, 기대하게 만들기만 한 건가요!"

우리는 뿌우뿌우 불만을 늘어놓았다. 그러나 요시쌤은 여유로운 태도를 무너뜨리지 않았다.

"하아, 이러니까 너희는 꼬마들인 거다."

이것이야말로 본론이라는 듯이, 선생님은 목소리를 낮췄다.

"여자끼리는 안 하지만…… 선생님을 상대로는 다르다고."

"선생님이요?"

"학생끼리는 거북한 일이라도, 선생님이 상대라면 괜찮잖아? 그리고 여탕에 감독하러 들어가는 건 누구라고 생각하냐?"

"설마……."

"그래, 사이토 선생님이다. 여학생 무리 속으로 들어간 젊은 여교사— 어떻게 될 것 같냐?"

"—앗!"

이번에야말로 기분 탓이 아니라, 전원이 꼴깍 침을 삼켰다.

"선생님, 피부가 하얗네요~."

"선생님, 가슴이 크시네요~."

"선생님, 어른……."

우리는 서로 조용히 중얼거렸다.

여자아이들 중에서 누가 좋은지에 대한 토크에서는 이름이 나오지 않지만, 사이토 선생님은 유행하는 스마트폰 게임이나 화제의 만화 같은 것을 잘 알고, 학생들의 마음을 잘 이해해주는 미인 여교사다.

아마 오늘 밤 즈음에서 다른 남자들 방에는 「사이토 선생님 조금 괜찮지 않아?」,「나도 전부터 그런 생각 했어」,「크으, 알지~」 같은 화제가 몰래 나올 것이 틀림없는 상대다.

그 선생님이, 지금부터 여탕에서, 여자의 손으로 치욕을 당한다니—.

거기까지 망상이 진행되자, 요시쌤이 짝 하고 크게 손뼉을 쳤다.

"알아들었냐! 그럼 바로 목욕탕으로 가자! 1분 안에 준비해라!"

"알겠슴다!"

"잊은 물건은 없도록 해라! 그리고 못 듣는 일이 없도록 목욕탕에서는 소란 피우지 마라! 알겠냐!"

"알겠슴다!"

빠릿빠릿하게 준비한 일동이 워킹을 하는 듯한 속도로 방을 나섰다.

우와, 다들 빠르네.

먼저 준비하고 있었는데 무심코 멍하니 있다가 늦어버렸어.

"왜 그러냐, 니시무라! 빨리 해!"

"아, 아뇨, 왠지 선생님이 안쓰러워서…… 사이토 선생님이, 말이지만요."

"……아아, 너희 쪽 고문 선생님이었지."

모르는 사이가 아니라는 걸 깨달았는지, 요시쌤은 조금 말투를 누그러뜨렸다.

사이토 선생님, 자기가 화제가 되고 있는 걸 알면 화내는 거 아닌가…… 아니, 그 정도로는 화내지 않을 것 같지만…… 역시 안쓰럽단 말이지.

"참고로 지금 이야기는 어디까지가 진짜인가요?"

다른 아이들이 다 나가고 몰래 물어보자, 요시쌤은 머리를 긁적거리며 말했다.

"……목욕할 때는 학생들을 조심하라고 사전에 전해놨다는 것 말고는, 전부 사실이다."

"엄청 사실이잖아요."

"나는 학생들에게 거짓말은 안 해."

외모는 고릴라인데 이상한 부분에서 진지한 신사였다.

"선생님, 괜찮을까요? 연락을 해두는 편이 좋지 않을까요?"

걱정하는 내게 선생님은 「크하~!」 하고 떨떠름하게 한숨을 내쉬었다.

"이봐, 니시무라. 남자가 뭘 하든 간에 여자가 하는 일은 변하지 않아. 너무 자만하지 마라."

"아아…… 그렇긴 하죠……."

그런 걸지도 모른다.

내가 뭘 해본들 여자아이들을 막을 수는 없겠지.

"심오하네요. 선생님."

"너도 심오하고 늠름한 남자가 되지 않으면, 신부를 먹여 살릴 수 없다고."

"그거, 선생님들 사이에서도 침투하고 있는 건가요?"

곤란한데······.

그 후, 들어간 목욕탕 안에서는―.

『잠깐, 너희들, 그만······ 냐, 냐아아아아아아아아!』

그런 슬픈 울음소리가 울려 퍼졌다.

†††　†††　†††

"실로 의의가 있는 목욕탕이었어······."

"냐아~ 라니, 뭘까?"

"뭘 당한 거지? 선생님은 뭘 당한 거야?"

"꿈이 넓어지네."

목욕탕에 들어갔다가 나온 후 꿈만 같은 기분으로 저녁을 먹은 우리는 이불을 깔고 방에 누웠다.

희생당한 선생님의 명복을 빌고 싶습니다.

"요시쌤, 의외로 말이 통하네."

"그보다 가장 진지한 표정으로 듣고 있던 사람이 요시쌤이었잖아."

"그러니까~."

"선생님, 결혼한 거 아니었어?"

"그런 것보다, 이제 어쩔 거야?"

"일정상 이제 취침밖에 없어."

무랏치가 안내서를 보면서 말했다.

"그럼, 일단 베개 싸움이나 할까?"

까까머리 맛츤이 히죽히죽 웃으며 일어섰다.

그런 운동부만 즐거운 이벤트는 필요 없어!

"거기 야구부, 조금 자중해."

"맛츤이 던졌다가는 유리창까지 날아가 버리잖아."

"지금쯤 호주로 간 애들은 뭘 하고 있을까?"

"코알라랑 자고 있는 거 아냐?"

"시차가 있어서 아침이라든가……."

"위도를 생각하라고, 시차가 거의 없잖아."

"경도 아냐?"

우리는 깔아놓은 이불 위에서 데굴데굴 뒹굴면서 아무래도 좋은 이야기를 했다.

이렇게 빈둥거리는 분위기, 나쁘지 않은데?

"뭐 가져온 거 없어?"

"트럼프 카드 있어."

"우노 가져왔는데."

"카드 마작은?"

"아니아니, 여기서는 토크를 할 타이밍이잖아."

"무슨 이야기를 하는데?"

"그야 연애 이야기?"

"이 흐름이라면 야한 이야기 아냐?"

누군가가 그렇게 말한 순간, 방 안의 분위기가 찌르르 흔들렸다.

"에로……라……."

"확실히 그런 흐름일지도……."

"틀림없다고."

누워있던 몇 명이 슬그머니 일어섰다.

아아, 선생님의 비명이 그런 분위기를 만들어버렸어.

"아니, 19금 토크라니, 전혀 흥미 없거든~."

"말은 그렇게 하면서…… 니시무라, 너 완전 각 잡고 앉았잖아."

"흥미 없다고~!"

그리고 나도— 그런 화제가 싫지는 않지!

"흥미가 없다고 해도 말이지? 이 화제라면……."

"우선 이쪽이겠지."

"그러게."

어라? 모두의 이야기를 들을 생각이었는데, 왠지 시선이 여기로…….

"야, 니시무라. 이건 수학여행 밤이라는 특수한 조건하에서 묻는 건데."

"으응?"

진지한 표정의 켄타가 약간 침착한 눈빛으로 입을 열었다.

"타마키…… 어땠어?"

"어땠냐니, 뭐가?!"

켄타에 맞춰서 다른 남자아이들도 앞으로 고개를 쭉 내밀었다.

"뭔가 있을 거 아냐!"

"이것저것 있을 거 아냐, 했을 테니까!"

"안 했거든?!"

뭐야, 그 전제! 나는 결백해!

"어째서?"

"타마키는, 언제든지 오케이♥ 같은 느낌 아니었어?"

"그래 봬도 둘만 있을 때는 가드가 단단하다……든가?"

"말도 안 되지~."

"잠깐만."

그때, 무랏치가 무거운 목소리로 말했다.

"나는 알고 있어. 실은 타마키는 가드가 단단한 편이야."

"무슨 소리야?"

"……이번만, 특별히 말해줄게."

무랏치는 그렇게 말하며 가방에서 메모장 하나를 꺼냈다.

그리고 매직 테이프의 잠금을 탁 풀고 페이지를 펼쳤다.

"오늘 밤만 봉인을 풀겠어. 이건 내 비장의 물품…… 마에가사키 고등학교 판치라[12] 메모야."

뭐야, 그 메모는?!

#12 판치라 여성의 치마 속으로 속옷이 흘끗 보이는 것, 또는 그런 상태.

"잠깐, 보여줘, 보여줘~."

"실물? 무랏치가 쓴 거야?"

"나도 끼워줘!"

우리는 메모장을 들여다봤다.

●5월 13일, 2반의 사나다, 흰색, 허리를 굽힌 순간, 자세하게는 안 보임.

●5월 24일, 1반의 쿠라모토, 파란색, 교탁에 앉은 다리 사이에서.

거기에는 이런 문장이 적혀 있었다.

"보인 날짜와 내용을 적은 거야. 인상적인 경우는 스케치도 같이 해놨어."

"너 제정신이냐?"

"광기에 휩싸였다는 평가밖에 할 수 없어."

이거 진짜 어이가 없네.

이건 뭐랄까, 무랏치가 더 그쪽 사람이잖아!

"내일이 되면 잊어버려. 절대로 아무한테도 말하면 안 돼."

"말하고 싶어. 말해서 남은 1년 반, 무랏치를 여자애들한테 무시당하는 존재로 만들고 싶어."

"그만둬!"

무랏치는 당황하면서도 페이지를 팔랑팔랑 넘겼다.

"이걸 보면 알겠지만, 작년 데이터를 봤을 때, 타마키가 이럴 확률은 제로야. 같은 확률인 건 아키야마밖에 없어."

"오오~!"

"의외의 데이터네!"

"내 아코의 뭘 보려고 한 거냐! 무랏치! 진짜로 이 녀석 처벌하고 싶은데?"

"보이지 않았으니까 용서해줘."

"보려고 한 시점부터 유죄야."

남의 신부를 에로한 눈으로 바라보는 남자, 용서할 수 없어!

옆에 있던 타카사키가 그런 나를 싸늘한 눈으로 바라봤다.

"뭐? 니시무라 넌 다른 애들에게 눈을 돌리지 않는다는 거야?"

"지금 상황에서는, 내 일은 제쳐놓겠어!"

"치사하잖아!"

그건 넘어가고—.

내 경우에는, 아코의 팬티 디자인에 일가견이 있을 정도로 그쪽에 익숙하다. 하지만 그건, 두 사람만 있을 때가 방이라서 그런 거다.

듣고 보니 확실히, 학교에서 아코는 그렇게까지 너절한 느낌이 아니다.

"생각해보니, 니시무라한테 찰싹 달라붙어 있긴 하지만, 그런 느낌은 전혀 없지 않아?"

"외모는 청순파니까……."

"외모는 말이지."

남의 신부를 청순파가 아니라고 취급하는 건 그만둬줬으면 하는데. 전혀 청순하지 않기는 하지만.

"그리고 말이지, 아키야마는 전혀 안 보인다니까."

"그건 조금 안심했어. 왠지 나만 경계하고 있는 것처럼 느껴졌거든."

"엄청 가드가 단단하단 말이지."

"역시 나나코 님."

"역시 여제야."

"아키야마, 그런 별명으로 불리고 있었어?!"

여제?! 들은 적이 없는데?!

"말하지 마, 남자애들 사이에서만 쓰고 있으니까."

"무서워서 절대 말 못 해."

오히려 그런 호칭은 싫어할 것 같으니까.

"여제님은 말이지, 가드가 단단하다기보다는, 보이지 않게 움직이고 있다는 느낌 아냐?"

"아~, 그거지. 그 몸놀림은 프로 여고생이라니까?"

프로 여고생이라니 뭔데…….

하지만 말하고자 하는 바는 이해한다. 조금 알 수 있어!

"그보다 말이야, 아코랑 아키야마만 보이지 않는다는 건, 세가와는 가끔 보인다는 거냐?"

"세가와는 가드가 느슨해."

"프로는 아니지."

"……뭐, 부업이니까."

가끔은 어떻게 여고생으로 있는지 잘 모르겠단 말이지.

"하지만 그럴 때에 한해서 보면 속바지 차림이라…… 기대했지만 결국 꽝인 셈이지……."

"글렀네~."

"분위기를 못 읽는다니까~."

"그렇게까지 말할 건 없잖아."

그보다 그 말인즉, 속바지를 입고 있을 때는 긴장을 풀고 있다는 거 아냐?

"……아무튼 서론은 넘어가고, 말이지."

타카사키는 내 쪽으로 몸을 내밀며 말했다.

"그 점에서 어때? 타마키의 가드."

"역시 단단해?"

"뭐를 가리켜서 가드라고 해야 할지는 어렵지만……."

으음, 나에 대한 방어력이라는 의미로 말하자면…….

"엄청 느슨……하겠지."

"느슨해?!"

"느슨하다고나 할까…… 애초에 가드를 하지 않는다고나 할까……."

"노 가드냐?!"

노 가드 아닐까.

뭔가 공격해서 가드를 당한 기억이 전혀 없고, 낙법조차

취하지 않는 느낌이다.

"그렇다면 역시 니시무라만큼은 올 오케이인 건가……."

"그거 대박 아냐?"

"까놓고 말해서, 여기서만 까놓고 말하는 건데, 어디까지
했어?"

"키스는 했지? 그 이상은 어때?"

"으음, 이거 멋대로 말하는 건 어떤가 싶은데……."

아코에게 말없이 우리에 대한 이야기를 하는 건 좀…….

"말해! 수학여행이라고!"

"여기서 말하지 않고 어디서 말한다는 거야!"

"그보다 타마키는 전부 이야기할 거 아니야! 분명히!"

"확실히 아코는 하고 싶은 말 다 하고 다니지만!"

키스했다는 것도 바로 털어놨으니까!

그래. 괜찮겠지. 수학여행의 분위기도 있고.

그리고, 나도 조금은 자랑하고 싶으니까!

"어지간한 일은 했다는 기분이 들지만……."

"예를 들면? 예를 들면?"

"그야말로 한 침대에서 자는 경우는, 은근히 많아."

"진짜냐?!"

"이미 완전히 한 이불이잖아."

"그거 실질적으로 섹스잖아."

실질적으로 섹스라고 하지 마.

"어디까지나 옷을 입은 채로 같이 잔 적이 있을 뿐이거든? 착각하지 말라고."

"그렇군. 육체적으로는 아직이라고 말하고 싶은 거냐."

"그 육체적인 건 어떤데? 본 적 있어?"

"봤다…… 봤다는 의미로는…… 대부분 봤나……."

"뭐어어어?!"

"같이 목욕탕에 들어간 적도 있으니까."

"……전라로?"

"전라로."

순간 조용해진 뒤, 하아~ 하는 커다란 한숨이 방을 채웠다.

"실컷 말 시켜놓고 이런 반응이냐!"

"아~ 아~ 역시 니시무라는 적이라니까."

"갑자기 적 취급하지 말라고."

조금 전까지 두근두근한 표정으로 물어봤던 주제에!

"흥, 비동정은 적이야."

"도도도도, 동정이거든?"

"버리는 게 전제된 동정은! 동정이라고 말할 수 없습니다!"

뭐야, 그 이론!

나도 동료로 끼워달라고!

"그보다 거기까지 했는데 실전을 안 했다니, 완전 실례되는 영역이잖아."

"왜 안 하는데? 그대로 목욕탕에서……."

"첫 경험이 목욕탕인 건 싫잖아, 상식적으로 생각해서."

그건 넘어가더라도—.

"그도 그럴 게 아코라고, 아코! 그 순간 인생이 정해질 정도로 중요하다고! 그랬다가는 반 전체, 학교 전체에 다 들킬 거라고! 다음 날부터 다들 어떤 눈으로 보게 될지……!"

키스를 했다고 말을 꺼낸 순간 그게 다 퍼졌잖아! 마찬가지로, 그런 것도 퍼질 거라고! 그러면 이제 직결충의 칭호는 확정되잖아!

하지만 그런 내 주장은 유감스럽게도—.

"어쩔 수 없는 희생이잖아."

"타마키하고 한 번 할 찬스가 있다면 그 정도는 여유롭지 않아? 안 그래?"

"내신은 포기해. 원래부터 별로잖아."

전혀 받아들여지지 않았다.

"그보다 나보다 타카사키한테 물어봐. 스즈야가 있잖아."

"오, 그래. 맞아!"

"너도 이러쿵저러쿵하면서 얼버무리더라?"

"아~, 응~, 까놓고 말할까? 오늘은 나도 까놓고 말해볼까!"

"잠깐 기다려, 메모할 테니까!"

"메모는 그만둬, 진짜로."

남자들끼리 분위기를 타기 시작한 무렵, 무리에서 살짝 이탈해 벽으로 가서 기댔다.

이 정도 이야기했으면 나는 충분하겠지. 나머지는 듣기만 하겠어. 홋홋홋.

"그보다 이야기 소재가 있어서 다행이네……."

"무슨 이야기를 했나요?"

"그러니까 아코랑—"

무심코 대답을 하려다가 굳어졌다.

지금 나와 대화한 거, 누구?

살~짝 옆을 보자, 왠지 무척 익숙한 모습이 있었다.

"……아코?"

"네, 루시안."

살짝 젖은 머리에, 객실에 마련된 유카타를 입은 아코가 내 옆에 앉아 있었다.

"왜, 왜 여기 있는 거야?! 언제부터 있었어?!"

"방금 막 왔는데요."

태연하게 말하지 말아줄래?!

"지도를 보니까, 루시안의 방이 생각보다 가까이 있어서요."

"가깝다는 이유로 남자 방에 침입하는 거 이상하거든?!"

이거 입장이 반대였다면 장난이 아니란 말이야! 집에서 쫓겨날 레벨이라고!

그렇게 떠들던 그때—

"니시무라? 누구랑 이야기하는 거어어어엇?! 타마키?!"

"뭐? 엥? 아? 왜 여기 있어?!"

아아, 아코가 있는 걸 들켰다!

오히려 지금까지 눈치채지 못한 게 더 이상하지만! 닌자냐!

"니시무라가 불렀어?"

"안 불렀어, 안 불렀어!"

"시, 실례합니다……."

남자아이들의 시선이 모이자 아코는 아슬아슬하게 가장된 미소를 지으며 답했다.

그때, 손에 든 휴대전화가 메시지 수신음을 울렸다.

"……세가와?"

화면을 보니, 그곳에는 세가와가 보낸 메시지가 와 있었다.

【아카네】니시무라, 그쪽에 아코가 가지 않았어?!

오오, 멋진 예측. 역시 세가와야.

【니시무라】왔어, 왔어. 바로 돌려보낼게.

그렇게 친 순간, 쾅 하는 소리를 내며 방문이 열렸다.

"역시 여기잖아! 이리 나와! 아코!"

"우오오오오?!"

"세, 세가와?! 여기 남자 방인데?"

"알고 있어! 하지만 있잖아, 그 바보가!"

"미안해~, 미아를 데리러 왔어~."

세가와에 이어 아키야마도 들어왔다.

정말 고생이 많으십니다.

"아코는 여기 있어~."

"있다아아아아!"

"햐아아아아아악! 죄송해요~!"

아코가 세가와에게 체포당했다.

사과한다는 건, 위험한 일을 했다는 자각은 있다는 거네.

"왜 방에서 도망친 거야?"

"그치만 모르는 사람이 있잖아요!"

"옆! 반! 애들이잖아!"

"지금 두 사람 다 다른 방으로 놀러 갔으니까, 돌아가도 괜찮아."

아키야마는 반쯤 울상인 아코에게 쓴웃음을 지은 뒤 멍하니 바라보는 남자아이들을 향해 고개를 돌렸다.

"소란 피워서 미안."

"아뇨아뇨, 천만의 말씀이십니다."

"나나코 님이 직접 오실 줄이야……."

"이것이 여제……."

"……으음~, 무슨 이야기를 하고 있었는지 알기 쉽네."

톤은 변함이 없지만, 나는 알 수 있다.

아주 약간 분노한 목소리의 아키야마가 이쪽으로 다가와서 살짝 내 어깨에 손을 댔다.

"니시무라~, 무슨 소리 했어~?"

"나?! 나는 아무 말도 안 했거든?! 무고해!"

누명이야, 누명!

저쪽에서 멋대로 말했을 뿐이라고!

"그, 뭐냐, 세가와는 교복 속에 속바지를 입고 있는 게 불만이라고 니시무라가 그러더라니까."

"뭐어?! 잠깐, 니시무라?! 너 무슨 소리야?!"

"그러니까 나는 그런 말 안 했어!"

점점 죄가 날조되어가잖아!

"아, 그보다 말인데, 기왕 이렇게 됐으니 잠깐 있다 갈래?"

후지농이 살짝 상기된 목소리로 여자아이들에게 말했다.

"타마키는 니시무라가 없으면 저런 것 같고."

"저런 것 같다니, 너……."

아니, 평범하게 돌아가겠지, 라고 생각했는데ㅡ.

"돌아가봤자 아무도 없으니까, 딱히 상관없지만."

"루시아~안!"

"아카네랑 아코가 남는다면야."

어라, 세 사람 다 괜찮아?

"좋았어~!"

"어, 뭐 할래? 트럼프 카드 있는데!"

수학여행날 밤, 여자아이들과 한 방에서 토크라는 생각지 못한 행운이 찾아오자 남자아이들이 끓어올랐다.

그때 만면의 미소를 지은 아키야마가 말했다.

"그 전에, 여제가 뭔데?"

"……앗."

남자아이들의 얼굴이 빠직 굳어졌다.

"정말로, 안 돼…… 나, 이제, 한계…… 으응, 아앗! 아가아아아아아아야야야야야아아앗!"

"슈, 여자아이가 내서는 안 되는 목소리가 나오고 있는데요."

"아코 너한테는 듣고 싶지 않아야야야야야야얏~!"

"자~, 아카네 아웃."

여자아이들이 방에 오고 나서 잠시 뒤—.

현재는 『아키야마에게 발 지압을 받다가 절규하면 지는 게임』이 개최 중이다.

수학여행의 분위기가 낳은 완전한 수수께끼 게임이지만, 이게 의외로 흥겨워졌다.

왜 이 사람은 이렇게 발 지압을 핀포인트로 누르는 거지?

"하아…… 하아…… 왜 이런 영문도 모를 걸 하고 있는 거야, 진짜……."

"눌린 직후에는 다들 그렇게 말하더라."

"다음은 아코~."

"이런 영문 모를 짓은 그만두죠!"

"놓~치~지~않~아~!"

"나나코! 가라~!"

"도망갈 길을 막아, 도망갈 길!"

"싫어요오오오!"

"야, 아코! 이리 오지 마! 나를 벽으로 삼지 마!"

"아코가 끝나면 니시무라야?"

"거짓말! 진짜로 싫은데?!"

차라리 바깥으로 도망치려고 생각한 그때—.

똑똑똑, 하고 문을 두드리는 소리가 방에 울려 퍼졌다.

"너희들, 소등시간은 지났다."

"요시쌤의 목소리?!"

"큰일 났다, 큰일 났어!"

"순회?! 벌써 시간이 그렇게 됐어?!"

"우오오, 열한 시가 지났잖아!"

놀고 있는 사이에 생각보다 시간이 훨씬 지났다! 소등시간이 지나버렸잖아!

"여자애들은 숨어! 남자들은 이불로 들어가!"

"아카네, 이쪽이야!"

"오케이!"

아키야마와 세가와는 이불이 있던 수납장에 미끄러져 들어갔다.

"아코도 어서 이쪽으로 와!"

나한테 달라붙어 있던 아코에게 그렇게 외침과 동시에 불이 꺼지고, 곧바로 문이 찰칵 소리를 냈다.

"늦었어요!"

"에잇, 정말!"

"와웁?!"

눈앞의 이불에 아코를 쑤셔 넣고, 나도 거기에 들어갔다.

"아코, 들키지 않도록 달라붙어 있어!"

"네!"

아코가 내 위에 올라타서 딱 달라붙었다.

"야, 너희들! 제대로 자고 있냐?"

요시쌤이 잠시 시간을 둔 뒤에 바깥에서 얼굴을 내밀었다. 바로 들어오지 않고, 우리가 잠자리에 든 상태가 될 때까지 기다려준 거겠지.

"자고 있어요~."

"대답하지 마, 제대로 자라."

선생님이 그렇게 말하면서 들어왔다.

"요시쌤이 왜 들어오는데요?"

"이상한 걸 가져오지 않았나 확인하는 거다."

이상한 건 가져오지 않았지만, 위험한 아이는 숨기고 있어요!

다다미 쓸리는 소리가 성큼성큼 근처를 통과했다.

"……으!"

꼬옥 안겨 있던 아코가 움찔 떨리는 것이, 얇은 유카타 너머로 전해졌다.

"니시무라 너도, 눈 뜨지 말고 제대로 자라."

"윽!"

까, 깜짝 놀랐네!

요시쌤이 이쪽으로 손을 뻗었지만, 내 이불을 머리 위까지 잡아당겼을 뿐이었다.

"⋯⋯⋯⋯."

"⋯⋯(쉿〜)."

이불 속 아코와 눈이 마주쳤다.

아코는 내 위에 올라탄 채, 쉿 하고 검지를 입에 갖다 댔다.

아주 작은 불빛 속에서, 풀어진 유카타와, 그 사이로 엿보이는 하얀 피부가 어렴풋이 눈에 들어왔다.

이건 조금, 아니 엄청 심장에 안 좋은 광경입니다만!

"⋯⋯영〜차."

내가 굳어진 사이에 아코는 슬금슬금 얼굴 근처까지 기어왔다.

그리고 귓속말로 속삭였다.

"⋯⋯선생님, 갔나요?"

"아직 있는 것 같으니까 움직이지 마."

고개를 저으면서 안 된다고 알려주자, 아코는 고개를 약간 끄덕였다.

"⋯⋯왠지 두근두근하네요."

고막을 흔드는, 아코의 작은 목소리.

나와 똑같은 여관 비누를 썼을 텐데도 묘하게 달콤한 아코의 향기.

이런 상황인데도 머리가 녹아내릴 것 같았다.

"아코, 가까워, 가까워."

"달라붙어 있지 않으면 들킨다고요."

몸도 얼굴도 내게 다가온 아코가 속삭였다.

얼굴을 슬쩍 움직이면 키스할 수 있을 것 같은 거리다.

키스…… 키스……? 어라? 지금이라면 키스를 할 수 있지 않을까?

아니, 그래도 수학여행 중에 남자들 방 이불 속에서 키스라니, 최고의 추억은 아니겠지? 여, 여기서는 안 되겠지?

내 마음을 꾹 참고, 이 이상 아코에게 다가가지 않겠다고 결심했다.

"루시안……."

"아, 아코? 잠깐, 안 돼, 가까워!"

결심했는데, 아코 쪽에서 다가왔다!

이런 패턴도 있는 거야?

기다려! 네 쪽에서 하려고 하는 건 좀 아니잖아! 이건 상정하지 않았다고!

안 돼, 이 이상 얼굴을 이쪽으로—.

"아코? 요시쌤 돌아갔는……데……."

이불이 확 걷히며, 시야가 밝아졌다.

"……."

"……."

위를 보고 굳어진 나, 그 위에 올라타서 입술을 빼앗으려 하는 아코.

차분하게 우리를 바라보던 세가와가 이불에서 살며시 손을 뗐다.

"천천히 하시길~."

"천천히 좋아하시네! 자, 아코, 이제 괜찮으니까 비켜!"

"네에에에엣?! 조금만 더, 조금만 더 하면 됐잖아요!"

"저 녀석 말이야, 자는 사이에 바깥으로 던져버리지 않을래?"

"찬성."

"이의 없음."

"지금 이건 어쩔 수 없잖아! 숨기 위해서는 어쩔 수 없었다고!"

"으~음……."

아키야마는 나, 아코, 세가와를 차례로 바라본 뒤, 손뼉을 짝 치며 말했다.

"―유죄! 니시무라는, 발 지압형에 처한다!"

"어째서야! 나는 잘못이 없어야야야야야야야야!"

수학여행 첫날밤은 그렇게 떠들썩하게 지나갔아야야야아아앗! 아파! 진짜로 아프다고! 무리, 스톱, 안 돼에에에에에에!

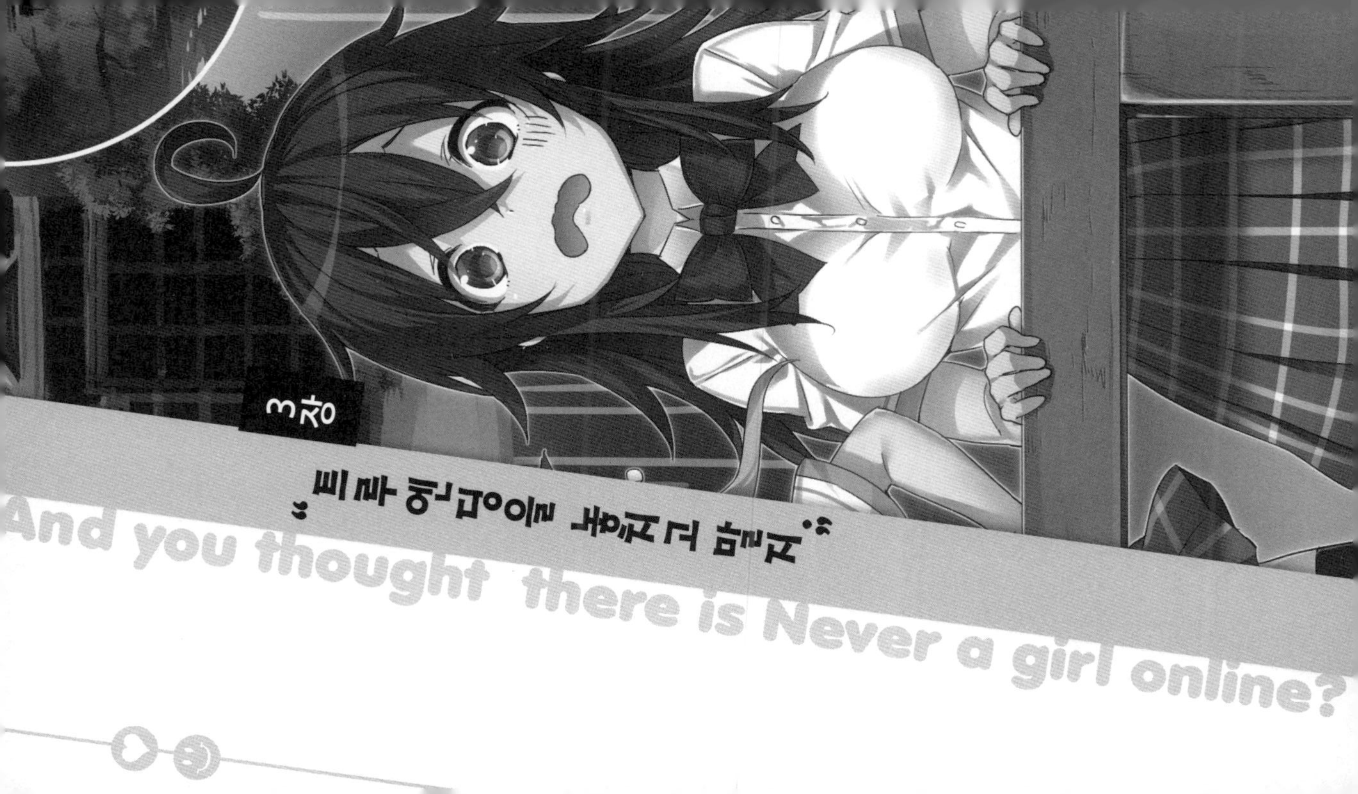
3장
"트루 엔딩을 놓치고 말지."
And you thought there is Never a girl online?

셋째 날.

이날은 종일 USO, 유니버스 스튜디오 오사카 관광.

전 우주의 엔터테인먼트를 오사카에, 라고 주창하는 테마파크다.

"솔직히 말해서, 수학여행 일정 중에서 여기를 가장 기대하고 있었어!"

"뭣하면 어제부터 오고 싶었을 정도야!"

"오사카성도 좋았던 게 있었잖아?!"

"오코노미야키는 맛있었지만."

간접적으로 오사카성을 디스하는 건 그만둬줬으면 좋겠다.

―뭐? 둘째 날?

둘째 날은 무난하게 끝났습니다.

역사박물관에 가고, 오사카성에 가고, 돌아다니면서 먹었다.

너무 순조로워서 반대로 뭔가 잊어버린 느낌이 들 정도였다.

예상대로, 키스하기 좋은 타이밍 같은 건 전혀 없었으니까!

뭐, 호텔에서의 키스 찬스는 첫날 시점에서 왠지 아닌 것 같다는 걸 알게 돼서 딱히 상관없지만.

"그럼 얘들아, 저녁…… 아니, 밤까지는 자유행동이야. 나쁜 짓, 남에게 폐를 끼치는 짓, 그리고 SNS가 불타오를 만한 짓은 하지 말고, 그 외에는 자유롭게 즐기고 오렴."

단체 손님용 입구로 들어가자 선생님은 그렇게 말하며 느긋하게 손을 흔들었다.

"선생님은 어쩔 거야? 혼자서는 재미없을 거고, 같이 다녀?"

세가와의 물음에 선생님은 쓴웃음을 지었다.

"학생하고 같이 놀이기구를 타서 어쩔 거니. 무슨 일이 생길 때를 위해 인포메이션 센터 근처에 있을 거야."

"뭐야, 그거. 줄곧 입구 주변에서 대기한다는 거야?"

그것 참 지루하겠네.

"일부러 왔는데 재미없지 않나요?"

"교사란 그런 거야! 일로 온 거니까!"

선생님은 허락만 받는다면 마구 놀 거야! 라며 핏발선 눈으로 놀이기구들을 돌아봤다.

아니, 정말 진짜로 수고 많으십니다.

"그럼 다녀오겠습니다~!"

"선물 사올게요!"

"실컷 즐기고 올게!"

"나중에 봐요~!"

"그래그래, 다녀오렴. 수분은 제때제때 확실히 섭취해야 해~."

선생님은 힘든 일이네.

"선생님 몫까지 즐기자!"

"그러게!"

맞다, 마스터에게도 보고를 해야지.

【니시무라】보고. USO에 침입했다.

【애플리코트】알았다. 예정대로로군.

변함없이 마스터의 대답은 빨랐다.

【애플리코트】그럼 현재 서포마 호감도를 표시해두마.

【애플리코트】■타마키 아코　　　호감도 325/100 텐션 70

★공략 완료!

【애플리코트】■고쇼인 쿄우　　　호감도 95/100　텐션 50

【애플리코트】■세가와 아카네　　호감도 94/100　텐션 75

【애플리코트】■아키야마 나나코 호감도 79/100　텐션 60

【니시무라】세가와랑 아키야마의 호감도가 내려갔는데?!

【애플리코트】첫날에 숙소에서 쓸데없는 소리를 한 탓이 아닐까.

【니시무라】그 이야기 들었어?! 그건 억울하다고!

이제 와서 그런 걸로 영향이 나오는 거냐!

【애플리코트】그런 네게 선택지를 준비해주마!

【애플리코트】★선택지

【애플리코트】●사랑은 놀라움으로부터! 세가와 아카네에게 서프라이즈! (아카네 호감도 UP)

【애플리코트】●조장, 수고 많으십니다! 아키야마 나나코를

응원하자! (나나코 호감도 UP)

【애플리코트】●분위기여 오너라! 아코와 단둘이 남자! (아코 호감도 UP)

제대로 된 선택지가 온 듯 보이지만, 고를 의미가 있는 건 마지막뿐이잖아!

【니시무라】즉, 아코와 단둘이 남으라는 뜻이야?

【애플리코트】다른 선택지도 추천하기는 한다.

【니시무라】됐어, 됐어.

다른 사람의 호감도를 올려서 어쩔 건데.

【니시무라】아무튼 땡큐.

【애플리코트】음, 뭐가 어찌 됐든, 우선은 즐기도록 해라.

그러게. 내가 즐겨야지.

그보다 즐기지 않을 수가 없잖아, 이미 들떴는데!

"어쩔래? 우선은 평범하게 USO 놀이기구 탈래?"

"아니, 여기서는 역시—."

"예정대로, 곧장 UGP지!"

"……그렇지."

아키야마가 쓴웃음을 지었다.

USO에서는 현재, UGP— 유니버스 게이밍 파크라는, 전 세계의 게임을 테마로 한 새로운 구역을 영업하는 중이다.

여기가 굉장하다는 소문이 인터넷에서 돌고 있어서, 꼭 오고 싶었다니까.

"별도 입구가 안쪽에 있으니까, 그쪽으로 대시야!"

타임키퍼 아카네의 지시가 떨어졌다.

"아니, 달리는 건가요?!"

"당연하지! 시간은 한정되어 있으니까!"

"천천히 가자~!"

"바보 같은 소리 하지 마! 원래는 오픈 대시로 예약 패스를 사고 싶었을 정도니까!"

"테마파크 빡겜은 싫어요오오오오오."

"좋았어, 가자!"

"오~!"

세가와에게 끌려가는 아코를 따라서 나도 달렸다.

오늘은 즐기자~!

"이쪽이 게임 파크 입구입니다. 이 티켓은 당일 재입장이 불가능합니다만, 괜찮으신가요?"

"나올 예정이 없으니까 괜찮아요!"

"여, 역시 바깥도 견학하고 싶은데……."

우리는 의욕이 충만한 세가와에게 끌려와서 UGP 입구를 지났다.

"여러분, 괜찮으시다면 이걸 받아주세요."

그때 뭔가 안경 받은 걸 받았다.

"이쪽은 UGP 한정 AR 안경입니다. 나가실 때 반납해주세요."

"AR……이 뭔가요?"

"증강현실이라는 거야."

실제로 존재하지 않는 걸 투영해서 거기 있는 것처럼 보여주는 녀석이지.

"그렇다면 이 안경을 쓰고 있으면 이것저것 보이는 거야?"

"네. AR 안경을 쓰지 않으면 찾을 수 없는 캐릭터나 장치도 있고, 퍼레이드에도 수많은 AR 마스코트가 등장합니다. 꼭 착용해주세요."

생긋 웃으며 말하는 안내원 누나도 확실히 똑같은 안경을 쓰고 있었다.

다들 디자인이 조금씩 다른 안경을 받아서 바로 껴봤다.

"어머, 아코도 조금 똑똑해 보이네."

"정말이네. 문학소녀 느낌이라, 이건 이것대로 괜찮아."

긴 흑발이 분위기에 잘 맞아서 은근히 괜찮은 느낌이다.

"그런가요?"

그 말을 들은 아코는 조금 쑥스러운 듯이 안경을 고쳐 썼다.

"슈는, 평범하게 잘 어울리네요."

"그야 나는 똑똑하니까!"

세가와가 핫핫핫 하고 웃었다.

"니시무라는…… 왠지 오타쿠처럼 됐네."

"야, 오타쿠에 대한 편견은 그만둬."

실제로 오타쿠이기도 하고.

"세테 씨, 처음부터 안경을 쓰고 있었던 게 아닌가 싶을 정도로 어울리네요."

"그래? 평소에는 패션 안경도 괜찮을까?"

아키야마가 신이 나서 멋진 포즈를 잡았다. 혹시 연습이라도 한 게 아닐까.

그리고 마침내 UGP로 입장했다.

그 내부는, 그야말로 압권이었다.

"이거, 어딘가에서 본 적이 있는 건물들만 있지 않나요?"

"나, 저 성 알고 있어!"

"저 저택, 영화에 나오지 않았어?"

역시 대규모 테마파크인지라 처음 들어왔을 때부터 이세계라는 느낌이었지만, 이건 차원이 달랐다.

정면에는 엄청나게 큰 성이 우뚝 솟았고, 좀비가 나올 것 같은 저택이 있는가 하면, 반대쪽에는 전차가 포탑을 하늘 높이 들어 올리고 있었다. 근처에는 파란 슬라임을 본뜬 커다란 아동용 풀장도 있고, 조그만 고양이 수인(獸人) 같은 것이 야옹야옹 하며 걸어 다니기도 했다.

"뭐야, 이 카오스! 굉장해!"

"잠깐만 저기 좀 봐봐, 바닥에 잉크가 뿌려져 있는데?"

"오징어가 있는 건가요?"

"이거, 다이나모의 흔적 아닐까?"

그 외에도 인간이 여유롭게 들어갈 수 있는 커다란 토관이나, 몬스터를 넣는 볼이 이곳저곳에 굴러다니는 공간도 있었다.

정사각형의 수수한 건물도 있구나 했더니만, 저건 크래프트계 게임에서 보이는 두부 건축을 일부러 재현한 녀석이잖아? 사람이 엄청 몰려있었다.

"저 모닥불, 손을 대면 불꽃이 화악 나오네. 무슨 게임인걸까?"

"인간성을 바쳐라……!"

"그건 중요하니까 바치면 안 되는 거 아닐까……."

"저 불꽃, AR로 나오는 거 아니야? 바깥에서는 안 보여."

"진짜다! 굉장해~!"

과학의 힘 굉장해! AR은 편리하구나!

"참고로 여기, 레전더리 에이지는 없어?"

"운영회사가 협력업체에 포함되어 있었으니까, 어딘가에 있을 것 같은데……."

이런 강적들이 모인 공간이라면, LA는 싸울 수가 없으니까.

"그래서, 어디 갈 거야?"

"우선은 가장 인기 있는 곳부터지!"

"그렇죠!"

처음으로 가장 인기 많은 놀이기구를 공략하자는 건 사전에 정해둔 규칙이었다.

우리가 향한 곳은, 저곳.

"야루오 카트……?"

"그러니까 USO에서 한다능!"

"그 야루오[#13]가 아냐."

그건 다른 녀석이야.

이곳은 레이스 게임을 테마로 한 카트 코스로 꾸며져 있었다. 여러 종류의 카트에 타서 서로를 방해하며 카트 레이스를 할 수 있다.

역시 인기 게임을 소재로 한 메인 놀이기구라 그런지 행렬이 굉장했다.

"어어…… 80분 대기래."

대기 시간을 본 세테 씨가 눈살을 찌푸리더니 어쩔 수 없다며 어깨를 으쓱했다.

"유감이지만 어쩔 수 없네."

"그러게."

"그러게요."

아코, 세가와와 함께 고개를 끄덕였다.

"바로 줄 서자. 화장실 가고 싶은 녀석은 먼저 갔다 와."

"괜찮아요~."

"음료수는 충분해? 없으면 저기 몸에 안 좋아 보이는 색

#13 **야루오(やる夫)** 일본의 아스키 아트 캐릭터. 「한다능(야루오)」이라는 말투가 그대로 이름으로 굳었다.

깔의 주스를 팔고 있어."

"주, 줄 설 거야?!"

아키야마가 아연실색한 표정으로 우리를 바라봤다.

뭘 그리 놀라는 겁니까.

"당연히 줄 서지."

"그렇죠."

"그야, 그렇지."

"80분이나 있으면, 그동안 다른 걸 엄청 탈 수 있는데?"

"이걸 타려고 온 거잖아! 몇 분을 기다리든 탈 거야!"

"뭐어어어엇?!"

우리는 아키야마를 끌고 대기줄로 돌격했다.

80분을 기다렸다.

"좋았어, 빨간 등껍질 얻었다!"

"아앗! 여기서 뽑는 건 치사해요!"

나는 카트에 올라타서 좁은 코스를 질주했다.

현재 순위는 3위. 대부분 바로 옆에서 나란히 달리는 가운데, 노랗고 폭신폭신한 새 모양 카트에 탄 아코가 속도를 올렸다.

"자, 앞으로 나가보시지. 나간 순간 맞춰주겠어!"

"루시안이야말로 앞으로 나가주세요. 제 말새가 꾸엑~ 하고 불을 뿜을 테니까요!"

"말새라고 하지 마!"

저쪽도 저쪽대로 공격 아이템을 뽑은 것 같아서, 서로 앞으로 나갈 수 없었다!

"좋아, 여기서는 휴전하자! 협력해서 앞 카트를 떨어뜨리자고."

"알겠어요. 하나~ 둘~ 하고 가는 거예요."

하나~ 둘~ 하는 소리에 맞춰 스위치를 누르자, AR 안경에서 빨간 등껍질이 퐁 하고 표시되었다.

그것이 앞을 달리는 카트로 발사된 그 순간―.

"너희들 물러터졌어! 지금이닷!"

"앗!"

"아아앗!"

AR 안경과 겹친 시야에서, 빨간 등껍질이 날아갔다.

현실적이면서도 리얼리티하게, 나와 아코를 추월해서 눈앞으로 뛰쳐나온 세가와의 카트, 회전목마의 말 같은 탑승물에 내가 쏜 등껍질과 아코의 불꽃이 직격했다.

미안! 거기서 나올 줄은 몰랐어!

"꺄아아아아아아!"

"미안, 사고야!"

"일부러 한 게 아니에요~!"

빙글빙글 회전하는 말 옆을 빠져나왔다.

뭐, 뭐…… 사고니까, 용서해주겠지…… 그렇게 힐끔 뒤를

처다보자—.

"기다려! 인마! 너 면허 갖고 있는 거야?!"

히이이이익! 무시무시한 모습으로 쫓아오고 있어!

"한 방뿐이라면 잘못 쏜 걸 수도 있잖아!"

"그럼 이쪽도 잘못 쏴도 괜찮다는 논리지?!"

"잘못 쏜다고 말하면 그건 이미 잘못 쏜 게 아니에요!"

우와아악! 뒤에서 당근 모양 로켓이 퓽퓽 날아오고 있어!

"기이이이이다려어어어어어!"

"점점 쫓아와요!"

"큭, 꽤 하는구나! 세가와!"

이쪽도 필사적으로 운전하고 있는데 평범하게 따라잡다니!

"더블 닉스에 4×3 인브리드! 혈통에 집착해온 내 애마는 최고의 속도를 자랑하지!"

"그건 무슨 게임이었더라?!"

카트의 혈통이라니 무슨 소리야?!

"아, 그래도 기회에요! 앞 카트가 마구 쏜 당근에 맞았어요!"

"좋았어, 지금이다!"

빙글빙글 회전하며 속도가 떨어진 대전 상대 옆으로 나의 평범한 카트, 아코의 폭신폭신 카트, 세가와의 말 모양 카트가 빠져나왔다.

이걸로 동률 2위! 1위도 보인다!

"좋았어! 저게 1위 카트…… 어라?"

저 스포츠카 같은 모양의 차는, 분명…….

"아, 세 사람 다 왔어?"

역시 아키야마의 카트다!

"나나코가 1위었어?!"

"레이스 게임을 해본 적도 없는 사람한테 지는 거, 납득 못해!"

"세테 씨한테는 지고 싶지 않아요!"

"운전은 즐겁네!"

에잇, 이 만능 타입 같으니라고!

그보다 카트 레이스에 스포츠카가 나오는 거 이상하잖아! 게임 밸런스를 생각하라고!

하지만 달리는 사이에 벌써 골이 보이고 있었다!

"좋아, 마지막 아이템으로 승부다!"

"좋은 걸 뽑겠어요!"

네 대가 동시에 아이템 박스를 뽑았다.

내가 뽑은 아이템은—.

"폭탄병! 이거다!"

이걸로 세 대 한꺼번에 날려버리겠어!

스위치를 누르면서 옆을 보니—.

"이걸로 모두 대폭발이에요!"

"나왔다! 대형 당근 폭탄! 이거라면 전원 일격이야!"

"이거 봐, 이거 봐! C4 폭탄!"

그곳에는 커다란 불덩이를 준비하는 아코, 무지막지한 당근 폭탄을 던지려 하는 세가와, 무척 현대적인 폭탄을 든 아키야마가 있었다.

기다려! 그거 전부 폭발하면 모두 한꺼번에 날아간다고!

"그건 안 돼!"

"그, 그만둬주세요~!"

"잠깐, 스톱스톱스톱!"

"왜 다들 폭탄인데~?!"

퍼~엉! 하는 폭음을 내며 모두 한꺼번에 폭발했다.

대폭발과 함께 빙글빙글 그 자리에서 회전하는 우리를, 뒤쪽 카트가 팍팍 추월했다. 어, 어라? 이거 우리끼리 싸우지 않았으면 1위였던 거 아냐……?

"다음, 다음에는 어디 갈래?!"

카트에서 내려온 뒤, 아키야마가 활기차게 우리 쪽으로 달려왔다.

"세테 씨, 텐션이 올라갔네요."

"응, 이렇게 모두 함께 신나게 노는 거 좋아하니까!"

"그럼 저기로 가자!"

세가와가 가리킨 것은, 드래곤이 춤추는 하늘을 나는 비행선 놀이기구였다.

"저건 무슨 게임이야?"

"드래곤 헌터야!"

"드래헌인가요!"

부실에서도 가끔 하는, 잘 구워지는 게임의 놀이기구이다.

"좋았어, 줄 서자."

"꽤 한산하네."

인기 게임인 것치고는 의외로 사람이 적은데……?

작중에 나오는 비행선에 타서 하늘을 나는 드래곤을 요격하는 체험형 놀이기구 같아서 꽤 재미있어 보이는데.

"줄 서는 통로에도 신경 썼네. 저기서 굽고 있는 거, 잘 익은 고기잖아?"

"저렇게 계속 굽고 있으면 절대 잘 구워지지 않아요."

장식이니까 계속 굽고 있는 거겠지.

"아, 저기를 봐주세요! 고양이에요! 고양이가 춤추고 있어요!"

"진짜다! 귀여워!"

헌터를 도와주거나, 혹은 방해하거나 도둑질을 하기도 하는 어시스턴트 고양이가 야옹야옹 춤추고 있어!

이게 어떻게 된 거야?!

"다들 익숙해져서 잊어버리고 있지만, 여기, 이거이거."

아키야마가 안경을 슬쩍 흔들었다.

"아, 그렇구나. 이거 AR 영상인 건가?"

"안경을 벗으니까 사라지네."

잘 만들었네. 진짜 눈앞에서 춤추고 있는 것 같았다.

"한 마리 갖고 돌아가고 싶어요!"

"제대로 돌봐줘야 해."

"무리라니까~!"

순서를 기다리다가 안으로 들어가자, 네 명씩 그룹으로 나뉘어서 각자 비행선에 올라탔다.

어두워서 잘 보이지 않지만, 커다란 스크린 하나 앞에 수많은 4인승 배가 놓여있는 것 같다.

"자, 다들! 드래곤 사냥, 출발이다!"

헌터 코스프레를 한 형이 멋진 목소리로 말하자, 배가 덜컹덜컹 흔들리면서 스크린에 비친 영상이 하늘로 올라갔다.

"오오오, 진짜로 나는 것 같아!"

"벌써부터 멀미 날 것 같아요!"

"빨라빨라빨라!"

"아, 화면에서 눈을 돌리면 멀미가 안 나네요!"

"너, 뭘 위해 탄 거야?!"

아래쪽만 봐서 어쩔 건데!

"아, 저기! 콕 선생님이 날고 있어!"

진짜다. 전에 드래곤 헌터를 잠깐 했을 때 봤던, 그 콕 선생님이 기분 좋게 하늘을 날고 있었다.

"꼬끼오라고 하고 있어, 꼬끼오라고!"

"귀여워~!"

콕 선생님은 꼬끼오~! 하고 기운차게 울었다.

그때 위쪽이 갑자기 어두워지더니, 귀청을 찌르는 소리와 함께 벼락이 떨어졌다.

"꼬끼오오오오오오!"

"콕 선생님?!"

콕 선생님이 벼락을 맞고 떨어졌어!

"어쩜 이리 심한 짓을……."

"좋은 냄새가 날 것 같네."

"콕 선생님을 먹으면 안 돼."

맛있어 보인다는 건 이해하지만.

그리고 떨어진 콕 선생님 대신, 뭔가 강해 보이는 그림자가 떠올랐다.

"나타났다! 녀석이 타깃이야!"

헌터가 멋진 목소리로 외쳤다.

"저게 뭐야? 강해 보여."

"라이트니쿠스, 라는 이름이 나왔네요."

"딱 봐도 뇌(雷) 속성 같네."

"빠직빠직하네요."

날카로운 외견을 가진 멋있는 드래곤이 뇌격을 흩뿌리며 날아다녔다. 그런 영상에 맞춰서 비행선이 움직이는 게, 진짜로 드래곤에게 습격을 받는 것 같았다.

"무기는?! 무기 없어?!"

"보우건이 있어!"

"좋았어, 무기만 있으면 거뜬하지!"

"이렇게? 이렇게?"

모두 함께 라이트니쿠스를 향해 방아쇠를 마구 당겼다.

이곳저곳에 탄환이 맞는 이펙트가 생기며 라이트니쿠스가 크게 움츠러들었다.

"통하고 있어, 통한다고!"

"대충 쏘면 안 돼! 약점 부위를 노려야지!"

"어디에 맞고 있는지 잘 모른다고!"

"오히려 맞든 맞지 않든 대미지는 변함없는 것 아닐까?"

방아쇠를 당기지 않아도 대미지를 받는 것 같으니까.

"뭐?! 제대로 만들라고!"

"그렇다고 전원의 탄이 약점 부위에 5할 이상 맞지 않으면 이길 수 없는 놀이기구는 싫잖아!"

유원지 놀이기구에서 난이도를 올려서 어쩔 거야.

"이렇게나 인원이 많은데 마비로 꼼수를 쓸 수 없을까요?"

"유원지 놀이기구에서 꼼수를 써서 어쩔 거냐고!"

이건 그런 게임이 아니거든?!

"라이트니쿠스가 약해졌다! 모두 함께 힘을 합쳐서 거뇌포(巨雷砲)를 쏘는 거야!"

오오, 보우건의 스위치가 빛나고 있어!

"호흡을 맞춰서! 자, 발사!"

보우건에 있는 스위치를 누르자, 맹렬한 빛이 비행선을 감쌌다.

"꺄아~!"

"뭐야, 이거. 조금 찌릿찌릿한데?!"

몸에 전기가 스쳤나?!

정전기 같은 걸까, 전신에 가벼운 전류가 흐르고 있어!

찌릿찌릿한 상태에서 비행선에서 대포가 발사되어 라이트 니쿠스에 멋지게 직격했다.

크갸아아아아아, 하는 비명을 내지르며 드래곤이 쓰러졌다.

"훌륭해! 여기에 있는 모두가 드래곤 헌터다!"

떼떼떼떼~엥! 하는 승리의 곡이 흐르고, 헌터 코스프레를 한 형이 주먹을 내질렀다.

"그렇구나, 이런 거였네."

"조금 더 게임성을 원했는데……."

"아카네, 즐기는 법이 다르다니까."

"즐거웠어요!"

"아코, 멀미는 괜찮아?"

"콕 선생님이 맛있어 보여서 배가 고파진 바람에 잊어버렸어요."

"그런 이유로?!"

콕 선생님……! 당신의 죽음은 헛되지 않았어……!

우리는 슬슬 점심을 먹자는 이야기를 나누며 밖으로 나왔다.

그러자, 옆에 머리카락 덩어리가 있었다.

"어?"

"응? 왜 그러시나요?"

머리카락 덩어리가 의아한 듯이 대답했다.

아니, 이거 아코냐!

그 쓸데없이 긴 머리가 두둥실 부풀어서 머리카락 덩어리처럼 변했어!

"루시안?! 머리카락이 곤두섰어요!"

"어, 나도?!"

"그보다 다들 머리카락이 곤두섰는데?!"

우와, 진짜다!

전원의 머리카락이 두둥실 곤두섰어!

"이거 혹시, 조금 전 정전기 탓인가?"

"아마, 그런 것 같아요."

아코는 긴 머리를 열심히 누르면서 민폐라는 듯이 말했다.

"이곳이 한산한 이유를 알겠어……."

"여자아이에게는 인기가 없어 보이네."

말은 그렇게 했지만, 아키야마는 왠지 즐거운 듯이 뾰족하게 솟아오른 머리카락을 찔렀다.

"아, 여기서 보우건을 들고 머리카락이 곤두선 사진을 파는 것 같아."

다들 머리카락이 곤두서서 슈퍼 온라인 게임인 같은 느낌이 되었는데!

"아, 갖고 싶어! 사서 업로드할래!"

"어디 SNS에 올릴 생각이야! 그만두라고!"

그렇게 여기저기 있는 놀이기구들을 타며 돌아다니다 조금 비싼 식사를 한 뒤, 내가 화장실에 갔다가 돌아오자—.

"봐봐, 이거!"

"어떤가요! 루시안!"

"응? 왜 그래? 두 사……람……?"

"이야후~!"

"맘마미~아~!"

세가와와 아코가 어디서 본 듯한 빨간색과 녹색 모자를 머리에 쓰고 있었다!

"그 모자, 샀어?!"

"샀어요!"

"샀지!"

조금 전부터 쓰고 있는 사람이 많은 모자였지만, 일행이 살 줄이야.

큭, 왠지 조금 부럽다. 하지만 빨간색하고 녹색이 모여 있는데 나중에 사는 것도 좀 그렇고…….

"나는 참자, 참자……!"

"갖고 싶으면 사면 될 텐데."

그렇게 말한 아키야마는 사지 않은 상태였다. 그만한 추억이 없는 걸지도 모른다.

"그래서, 나랑 아코는 장비를 갖추고 카트에 재도전하려고 해!"

"다시 갈 거야?! 대기 시간은?!"

"지금은 점심시간이라 비어있을 거예요!"

저기요 저기, 하고 아코가 카트 레이스 경기장을 가리켰다.

확실히 대기 시간은 20분— 이건 노리기 좋은 타이밍이겠지.

"으음, 하지만 나는 한 번으로 충분해. 꽤 지쳤고."

"나도~."

"그럼 루시안하고 세테 씨는 여기서 기다려주세요!"

"렛츠 고~!"

두 사람은 힘차게 대기줄로 달려갔다.

아키야마와 단둘이 남다니, 별일도 다 있네.

"두 사람 다 엄청 즐거워 보이네."

"나도 상당히 즐기고 있었는데, 두 사람을 보니 자신이 없어지네……."

설마 이런 텐션에서 아코에게 질 줄이야.

"저 녀석, 수염 배관공한테 딱히 추억 같은 것도 없는 주제에……! 이쪽은 전부 클리어했다고……!"

"그거, 애정이 큰 탓에 반대로 흥겨워지지 못하는 거 아냐?!"

애정이라기보다는, 추억 같은 게 이것저것 말이지?!

아버지가 게임을 좋아해서, 철이 들었을 무렵부터 집에 많은 소프트가 있었다고!

"뭐, 즐기고 있으니 다행이야."

"그러게~."

포근하게 웃은 아키야마는 조금 즐거워 보이는 나를 바라봤다.

"니시무라, 여행 중에는 줄곧 아코가 즐길 수 있도록 노력하고 있으니까."

뜨끔!

"그런 식으로 보여?"

"응. 보여, 보여."

그녀는 싱글벙글 웃으며 고개를 끄덕였다.

"평소 이상으로 아코를 힐끔힐끔 보고 있고, 때때로 휴대전화를 보며 이상한 표정을 짓고, 뭔가 생각하고 있구나~라는 게 느껴지는걸."

"다 들켰잖아!"

"덕분에 쿄우 선배가 기운차니까, 도와주지 않아도 되고."

"마스터를 말려들게 만든 것까지 들켰어?!"

그거 완전 전부 들킨 거 아냐?!

"그렇게 알기 쉬운 건가……."

괜찮은 건가, 적어도 아코한테는 들키지 않은 것 같지만…….

"아코는 눈치채지 못했고, 아카네는 그런 건 보지 않는 타입이니까 괜찮지 않을까?"

"그렇구나, 다행이네……."

아니, 너한테 들킨 시점에서 다행인 건 아니지만.

"있지, 있지, 뭘 하려는 건데?"

"비밀이야."

"에이~, 나도 도와줄게."

"그러니까 안 된다고!"

"에엑?"

아키야마는 「제대로 도와줄 텐데 어째서?」라는 의문부호를 띄웠다.

아니, 그게, 설명하기 어렵지만…….

"뭐랄까, 아키야마한테 상담을 하면, 힌트 같은 게 아니라 정답을 가르쳐줄 것 같으니까."

"니시무라, 보통은 공략을 보고 나서 하는 편이잖아~."

"평소에는 그렇긴 하지만!"

확실히 위키를 보거나 공략 사이트를 보거나, 예습을 확실하게 하는 타입이긴 하거든?!

하지만 그러지 않는 패턴도 있다고.

"실은 나, 정말로 중요한 퀘스트는 아무것도 모른 채 하고 싶다는, 귀찮은 점이 있다고!"

스토리 마지막 퀘스트 같은 건, 반대로 절대 스포일러를 보고 싶지 않으니까!

"복잡하네?!"

게이머란 그런 거라고!

"그러니까 비밀. 가르쳐주지 않을 거야."

"으~음, 그런가. 뭔지는 모르겠지만, 열심히 해."

"땡큐."

응원 받은 뒤에 깨달았다.

어라? 이거, 반대 아냐?

●조장, 수고 많으십니다! 아키야마 나나코를 응원하자! (나나코 호감도 UP)

―내가 응원을 받아서 어쩔 건데?!

"아, 그러고 보니……."

"응?"

마스터에 대해서 생각하다 떠올랐다.

이건 확실하게 말해둬야지!

"첫날에 있었던, 여제이니 어쩌니 하는 그거! 그건 나도 처음 들었으니까 나는 아무런 죄가 없다고!"

"알고 있어. 그렇게 말하지 않아도 괜찮아."

"아니, 모르고 있잖아!"

나는 알고 있다. 아직 의심하고 있다는 걸―.

"왜냐하면 호감도가 내려간 그대로니까!"

"호감도가 뭔데?!"

"이야~ 잘 탔어, 잘 탔어. 즐거웠어!"

"여유로운 최하위였어요~!"

오, 세가와랑 아코가 돌아왔다.

저 모습을 보니 실컷 만끽하고 패배한 모양이다.

"이기진 못할 거다 싶었어."

운동신경 제로인 아코에, 돌격 바보인 세가와다.

카트와는 전혀 어울리지 않는 두 사람이니 당연히 이길 리가 없다.

"그런데, 왜 나나코는 이상한 표정을 짓고 있어?"

"호감도가 뭐야……?"

"무슨 소리야?"

자자, 그건 넘어가고―.

"다음에는 어쩔래?"

"뭐든 상관없는데요?"

"내 희망은 말이지, 슬슬 절규 머신 쪽도 가고 싶어."

"그럼 저걸로 할까?"

그렇게 이동한 곳은 구역 안쪽에 만들어진, 약간 SF 느낌 이 드는 건조물이었다.

이 UGP 구역 최고의 절규 머신은, 『혜일료』라는 이름이 붙어 있었다.

"혜일료라니, 무슨 뜻인가요?"

"고고도(高高度) 강하, 저고도(低高度) 개산(開傘)의 약 자, 라고 적혀 있어."

"일본어로 부탁드려요."

"아무리 들어도 일본어인데."

확실히 의미는 잘 모르겠네.

"높은 곳에서 떨어져서, 아슬아슬한 고도에서 낙하산을 편다, 같은 의미일까?"

"그거 엄청 위험하지 않나요?!"

"그래서 절규 머신인 거잖아."

요컨대 프리 폴(free fall) 계열의 놀이기구인 거다.

위에서 툭 하고 떨어지는 거겠지.

"지금은 아직 건물 밑에서 줄을 서고 있지만, 언젠가 위로 올라가겠지."

"저, 높은 곳은 거북한데요오."

"왜 온 거야, 아코."

"거북하긴 하지만, 싫은 건 아니에요."

"아, 그런 느낌이구나. 무서운 걸 보고 싶기도 하니까."

그렇게 이야기를 나누며 대기줄에 서서 잠시 기다렸다.

줄이 줄어들면서, SF 같은 건물 안으로 들어왔다.

아~, 내부는 에어컨이 돌아서 서늘하다. 이제 밖으로 나가고 싶지 않아.

"총 같은 게 장식되어 있네. 슈팅 게임인가?"

뭐, 모델은 FPS니까.

『자, 신병들, 엘리베이터에 탑승하여 강하 준비를 하도록.』

아, 안내음성이 나왔다.

안내를 받은 곳은 고속 엘리베이터여서, 거기에 올라타자 위를 향해 상당한 속도로 올라갔다.

호오, 이걸로 건물 위까지 가는 건가?

"이런 건 보통은 아래쪽에서 머신을 타고, 머신이 통째로 위로 올려주는 거 아니야?"

"신기하네."

왜 이런 사양이 되어 있는지는, 엘리베이터에서 내리고 나서 바로 알게 되었다.

출구로 나오자, 주변이 모두 하늘이었다.

"경치가 굉장해~."

"이 경치를 실컷 보고, 그리고 나서 떨어지는 게 리얼리티가 있네."

"끄트머리…… 끄트머리 무서워요!"

"자, 아코. 중간에 서 있으면 괜찮아."

"그럼 난 밖에서 볼래~!"

부들부들 떠는 아코를 통로 중앙에 놓자, 아코 대신 세가와가 바깥쪽으로 나왔다.

세가와 녀석, 조금 전부터 정말로 텐션이 높네. 왠지 이쪽이 지는 것 같아서 분해질 정도다.

"아, 위에서 퍼레이드를 볼 수 있어! 좀비투성이인 거!"

세가와가 몸을 내밀며 멀리 있는 퍼레이드를 가리켰다.

오, 진짜다. 좀비가 춤추면서 걷고 있는 퍼레이드를 하고 있네. 조금 더 빨리 줄을 섰다면 끝난 뒤에 저것도 볼 수 있었을까?

"아카네, 위험한데?"

"괜찮아, 괜찮아. 난 높은 곳에서도 태연한 편이니까."

세가와는 그렇게 말하며 아래쪽으로 시선을 내렸다.

아득히 먼 곳에서 사람이 걷는 모습이 보이는데, 용케 이걸 내려다봐도 무서워하지 않네. 나는 도저히—

"……"

세가와의 얼굴을 보다가 깨달았다.

아래쪽을 바라보던 녀석의 눈이, 순간 초점을 잃었다.

동시에 몸이 흔들리며, 발이 확 떠올랐다.

야, 그거 위험하잖아!

"세가와!"

큰일 났다고 생각했을 때는 이미 몸이 저절로 움직였다.

반사적으로 세가와의 손을 잡고 확 잡아당겨서 벽에 밀어붙이고 쓰러지지 않도록 눌렀다.

다행이다! 안 떨어졌어, 안 떨어졌어!

"으갹!"

아, 이런! 지나쳤다!

"괜찮아, 아카네?!"

"왜 그러세요? 루시안."

"아니, 왠지 떨어질 것 같길래. 미안, 아프지 않았어?"

팔을 힘껏 붙잡아서 벽에 쾅 밀어붙이고 말았다. 자칫하면 자국이 남겠는걸……

"아냐, 괜찮아. 조금 어질했으니까, 덕분에 살았어. 고마워."

아무래도 정말로 휘청거렸던 모양이라, 세가와는 조금 파래진 얼굴로 말했다.

안전 설비가 되어 있고, 그대로 있어도 떨어지지는 않았을 거라 생각하지만…… 그래도 나도 모르게 도와줘서 다행이다.

"우연히 위험해 보이는 기분이 들었으니까. 다음에는 조심하라고."

"미안하다니까."

세가와는 그렇게 말하며 지근거리에서 나를 올려다봤다.

……지근거리?

어라? 왠지 이 자세, 이상하지 않아?

"저기, 루시안."

그때 옆에서 아코가 내 소매를 쭉쭉 잡아끌었다.

그리고 세가와에게 시선을 돌렸다.

"언제까지 슈한테 벽치기를 하고 있을 건가요?"

"벽치기?!"

확실히 그런 자세 같긴 하지만, 이건 그런 게 아니잖아?!

"뭣, 이상한 소리 하지 마! 그런 거 아니잖아!"

"그래그래! 이건 인명구조라고!"

"아니, 네가 떨어지지 않아서 그렇잖아! 빨리 비켜!"

세가와가 내게서 떨어지려고 날뛰었다.

떨어질게, 바로 떨어질 테니까!

살짝 손을 놓자, 세가와는 재빨리 그 자리에서 떨어졌다.

"……"

그리고 내가 쥐고 있던 손목을 누르면서 미묘하게 시선을 돌렸다.

어? 뭐야, 이 이상한 분위기?! 어째서 이렇게 됐지?!

●사랑은 놀라움으로부터! 세가와 아카네에게 서프라이즈! (아카네 호감도 UP)

이런 선택지가 있긴 했지만, 이런 놀라움은 필요 없고, 사랑으로 발전하지도 않잖아!

"루시안?"

"네, 넷?!"

우왓! 정신이 들자 아코가 이쪽을 빤히 보고 있어!

조금 전까지 높은 곳을 무서워하던 게 어디로 갔나 싶을 만큼, 오히려 압박감이 굉장하다.

"아니, 아니거든? 그런 게 아니라고?!"

"알고 있고, 딱히 화가 난 것도 아니에요."

확실히 화가 난 느낌은 아니다.

하지만 알 수 없는 압박감을 내뿜으면서 나를 보고 있을 뿐이다.

"오히려 화려하게 슈를 구해낸 루시안은 멋있을 정도였고요!"

"으, 으음."

단지, 하고 아코가 감정이 없는 목소리로 말을 이었다.

"최악의 경우, 슈를 떨어뜨릴 각오는 되어 있거든요?"

"그런 각오는 안 해도 돼!"

"내가 떨어지는 거야?! 니시무라를 떨어뜨리라고!"

"루시안이 없어지면 의미가 없잖아요! 슈의 몫까지 루시안과 행복하게 살아갈게요!"

"무서우니까 진지하게 실리를 우선하는 건 그만 둬!"

"또 떨어질 것 같으니까 소란 부리지 마!"

그 이후로는 별로 기다리지 않고 헤일료를 탈 수 있었지만……

솔직히 말해서, 진지한 표정의 아코가 놀이기구보다 훨씬 무서웠다.

그 이후 논스톱으로 놀이기구 몇 개를 더 타고, 선물을 사고, 쇼를 견학한 뒤……

"조금 지쳤어요~."

"그러게. 슬슬 쉬고 싶어."

조금 지친 우리와―.

"에이, 나는 아직 부족해!"

"조금 전 헤일료를 한 번 더 타보고 싶어."

아직도 들뜬 두 사람으로 나뉘었다.

너무 들떠서 피로해진 나와 아코에 비해 두 사람은 아직도 기운차다.

이럴 때 일반적인 생활상이 보인단 말이지.

"격렬한 건 조금 힘든데요!"

"그럼 우리 둘은 쉬고 있을게."

"오케이~!"

"그럼 내려오면 여기로 올게."

두 사람은 즐겁게 헤일료 대기줄로 향했다.

세가와, 아까 무서운 경험을 했는데도 완전 괜찮아 보이네…… 멘탈 너무 강하잖아.

"우리는 느긋하게 할 수 있는 걸 찾아볼까?"

"네~."

나와 아코는 인적이 드물고 그늘이 많은 길 쪽으로 이동했다.

"휴식하는 겸, 조금 전까지 불안정했던 아코의 멘탈 회복도 해놔야지."

"저한테 말하면 의미가 없지 않나요?!"

그 정도로 불안정해지지 말라고 하는 소리야.

이야기를 나누며 걷는데, 뭔가 서늘해 보이는 놀이기구를 발견했다.

"이거, 뭘까요?"

"물 위를 느긋하게 나아가는 계열의 놀이기구 같네."

"느긋하게 있을 수 있겠네요, 타 봐요!"

2인승 포드(pod) 같은 걸 타고 첨벙첨벙 물 위를 나아가는, 급류타기를 순하게 바꾼 버전 같았다.

"으음, 이건 잠수구고, 등대 밑의 수중도시에서 사용되는 거래요."

"흐~응, 평화로운 게임 같네."

『미안하지만, 라이드 바깥으로는 절대 손을 뻗지 말아주겠나?』

왠지 정중한 주의사항이 흘러가는 걸 들으면서 대기줄에 섰다.

"이건 이것대로 의외로 줄이 기네."

"잠시 기다려 봐요."

카트 정도는 아니지만.

"그러고 보니, 첫 데이트 때 생쥐 나라에 가면 헤어진다는 소문, 있지 않았나요?"

줄이 줄어드는 걸 기다리던 중, 아코가 문득 생각났다는 듯이 말했다.

"있었지~."

자주 듣는 소문이다. 생쥐는 나하고는 인연이 없다고 생각했지만, 이렇게 아코와 둘이서 줄을 서고 있으니 남 일은 아닌 것 같다.

"그건 생쥐 쪽 이야기였지만, 여기도 비슷한 걸까?"

"설마 저희도……?!"

"첫 데이트도 아니고, 이 정도로는 헤어지지 않아."

"그러네요."

아코는 조금 쑥스러운 목소리로 말했다.

"왜 그런 소문이 나는 걸까요."

"이렇게 기다리는 시간이 어색하다던가?"

"루시안하고 같이 있으면서 대화에 곤란한 일은, 별로 없는데요."

"딱히 말이 없더라도 신경 쓰이지 않고."

조금 전까지도 지쳐서 잠자코 있었는데, 분위기가 나쁘다거나 그런 건 전혀 없었다.

"그럼 그 사람들은 왜 헤어지는 걸까요?"

"으음, 왜 그럴까……."

간단히 말하긴 하지만, 나도 아코와 함께이니까 즐거운 거다.

"난 아코 말고 다른 사람하고 줄을 서면 얘깃거리가 없어서, 거북해서 죽을 거야."

"……저도 도중에 도망갈 것 같아요."

역시 꽝이잖아.

"아코 말고 다른 사람하고 유원지에 갈 수 있을 것 같지 않아."

"저도 그래요."

아코는 그렇게 말하며 내 팔을 끌어안듯이 당겼다.

주변에는 사람이 많이 있었지만, 잘 보니 대부분이 남녀 커플이라 우리처럼 팔짱을 끼는 사람도 적지 않았다.

남들이 보면 우리도 이런 느낌일까?

"……."

"…………."

왠지 모르게 말없이 서로의 체온을 느꼈다. 모두가 각각의 세계를 만들고 있는 느낌이 들어서, 우리도 둘만의 공간에 있는 듯한, 그런 느낌이 들었다.

"헉."

아코가 그런 분위기를 부수고 고개를 홱 들었다.

"지금 조금 좋은 분위기 아니었나요?!"

"그걸 말해버리기 전에는 말이지!"

왜 입 밖으로 꺼낸 거야!

"이 좋은 분위기를 타고 쪽~ 하지 않을래요?!"

"……아코, 수많은 사람이 있는 가운데서 당당하게 키스하는 사람은 어떻게 생각해?"

"이건 좀 아니지~ 라는 느낌이죠. 그쪽은 행복해도 보고 있는 이쪽은 기분 나쁘잖아요."

"알고 있으면 말하지 마."

에잇, 내 마음도 모르고!

이런 사람이 바글바글한 유원지에서 퍼스트 키스를 할 생각은 없었지만, 그래도 기회가 있으면 좋을 거라 생각하고 있었는데, 분위기를 부수지 말라고!

"하아……."

무심코 한숨을 내쉰 내게 아코가 또 조금 기대하는 표정으로 말했다.

"그래도 오늘의 루시안은 조금 키스를 해줄 것 같은 기척이 나서, 괜찮을 것 같다고 생각했다고요."

"……그러냐."

어떻게 아는 거야? 어떤 능력인데?

††† ††† †††

놀이기구에서 내려서 원래 위치로 돌아가자, 눈앞의 길이 사슬로 봉쇄되어 있었다.

뭐지? 이거, 건너가면 안 되는 것 같은데…….

"어떻게 된 거지?"

"퍼레이드 준비가 아닐까요?"

"아, 그런가. 벌써 그런 시간이구나."

정신을 차리고 보니 벌써 해가 떨어질 것 같은 시간이다. 이제 야간 퍼레이드 할 시간이구나. 이건 확실히 모두 함께 보자고 이야기를 했었는데, 이래서는 합류하지 못할 것 같네.

"저쪽에 연락해볼까."

【니시무라】길이 봉쇄돼서 그쪽으로 못 가겠는데.

이렇게 보내니—.

오, 바로 대답이 왔다.

【아카네】퍼레이드 시작하니까, 그쪽도 그쪽에서 봐! 끝나면 합류!

【니시무라】오케이.

"저쪽은 저쪽대로 본다네."

"네~."

자리를 먼저 잡는 타입은 아니지만, 마침 눈앞이 비어있어서 느긋하게 기다렸다.

근처에는 우리와 마찬가지로 퍼레이드를 기다리는 남녀 커플, 게다가 가족 일행이 많이 있었다.

"그러고 보니 난 가족끼리 유원지에 온 적이 별로 없네."

"그런가요? 슈슈는 유원지에 가고 싶어 하지 않았나요?"

"부모님이 다 바쁘니까."

물론 놀아준 기억이야 있지만, 부모님이 함께 주말에 쉬고 유원지에 가는 건 솔직히 현실적이지 않았다.

"그게 쓸쓸하지는 않았지만, 가족끼리 퍼레이드를 기다리는 모습을 보니까 왠지 부럽구나~ 라는 생각이 들긴 하네."

"그럼 저희는 아이들을 데리고 와요! 그래서 실컷 놀아주자고요!"

"성급한 이야기네."

하지만 아코가 농담이 아니라 진심으로 한 얘기라는 건 알겠다.

앞으로 어떻게 될지는 모르지만, 그럼에도…….

"만약 그렇게 된다면, 데려오고 싶다."

"네!"

아코는 고개를 끄덕인 뒤에, 조금 미묘한 표정으로 하늘을 올려다봤다.

"근데 제가 유원지에 왔을 때는 아빠랑 엄마가 너무 사이가 좋아서, 혹시 방해되는 건가~ 라고 느낀 적이 있어요."

"절대로 그런 일이 일어나지 않도록 하자!"

"자, 자신 없어요!"

"좀 더 아이들에게 애정을 가져!"

나는 됐으니까, 애들을 사랑해주라고!

『UGP, 스페셜 야간 퍼레이드!』

오, 이야기하는 사이에 시작된 모양이다.

안내음성이 흐르고, 경쾌한 곡이 커다란 음량으로 흐르기 시작했다.

"루시안! 왔어요, 왔어요!"

길 저편에서 커다란 차가 다가왔다.

녹색의, 조금 귀여운 모양을 한 드래곤 모양의 차였다.

"저거, 뎃테이우#14인가요?"

#14 뎃테이우 『슈퍼 마리오 시리즈』의 캐릭터 요시의 애칭.

"뎃테이우네······."

커다란 뎃테이우 위에서 수염 배관공이 춤추고 있었다.

그 밖에도 어디서 많이 본 캐릭터들이 음악에 맞춰 노래하며 춤췄다.

노란색 전기쥐가 노란 새 위에서 찌릿찌릿 전기를 내고, 왠지 파워풀하게 야구를 할 것 같은 인형탈이 골판지 상자위에서 방망이를 휘두르고, 그 상자에서 중후한 아저씨가 고개를 내밀었다.

"뭐야, 이 꿈의 공간······! 알고 있는 녀석들밖에 없어!"

"예쁘네요~."

일루미네이션과 춤추는 캐릭터들을 보고 아코가 넋을 잃은 듯이 표정을 풀었다.

"아, 루시안, 루시안! 저, 저 아이 알고 있어요!"

뭔가 아는 캐릭터를 찾을 때마다 기뻐하며 방방 뛰는 모습이 왠지 평소보다 어리게 보여서 다른 의미로 귀여웠다.

마침 그때—

우웅 하고 주머니에서 휴대전화가 울리는 소리가 들렸다.

【애플리코트】서포마 레이더가 키스 타이밍 경보를 수신했다!

이 사람은 진짜 어디서 보고 있는 거야?!

답장을 보낼 상황이 아니니까 무시하겠지만!

【애플리코트】이건 농담이고, 퍼레이드 시간상 슬슬 때가 됐으리라는 예상이다.

진짜인가. 여기까지 오면 믿기지가 않는데.

【애플리코트】자, 여기서 루시안을 인도하는 선택지는 이거다!

【애플리코트】★선택지

【애플리코트】●살짝 키스를 한다.

【애플리코트】●천천히 키스를 한다.

【애플리코트】●여기서 갑자기 쫀다.

조금 더 말투를 생각하라고!

【애플리코트】키～스! 키～스!

이 텐션 높은 마스터 짜증나.

겨우 밤이 되었나 싶은 시간인데, 철야한 다음 날 같은 텐션이네.

선택지는 키스하든가, 겁먹고 주저하며 도망치든가, 이건가.

확실히 분위기는 나쁘지 않다. 오히려 좋다. 조금 전에 한 장래의 이야기도 내 등을 떠밀어주는 것 같아서, 지금이라면 할 수 있지 않을까 싶다.

좋아, 이 퍼레이드 중 어딘가에서, 타이밍을 노려 키스를─.

"아, 포와링이 있어요!"

"포와링?! 진짜로?!"

쓸데없는 생각을 하다가 퍼레이드를 제대로 보지 못했어!

우와, 진짜다! 확실하게 섞여 있어! 구석에서 뽕뽕 뛰면서 커다란 카트의 뒤를 쫓고 있어!

"AR 안경을 쓰면 보이는 보너스 캐릭터 같네."

"벗으면 사라지네요."

수수한 위치에 있다 보니, 용케 발견했다는 점에 안심했다.

"······포와링, 눈에 띄지 않네요."

"RPG의 적 캐릭터 정도로 생각할지도 모르지만, 이래 봬도 우리가 하는 게임의 간판인데 말이지."

다른 게임의 마스코트도 같이 있었지만, 나도 모르는 게 몇 개 있었다.

"다른 인기 많은 캐릭터가 엄청 많아서, 자기는 구석으로 쫓겨나서 누구도 알아주지 않는데, 엄청 열심히 하고 있네요."

아코가 빛 속에 사라질 것 같은 포와링을 보며 말했다.

그야 라이벌이 굉장하니까 수수한 위치이긴 하지만, 그래도 확실하게 있잖아.

"우리는 알아봤잖아? 알아주는 사람은 확실히 있어."

"아, 아뇨, 그게 아니고요."

포와링을 커버해줄 생각으로 말한 내게, 아코는 고개를 붕붕 저었다.

"그게, 알아주는 사람이 없어도 괜찮지 않을까 해서요."

"······뭐?"

"그치만 엄청 즐겁잖아요?"

아코는 아무도 주목해주지 않는 고리 안에서 즐겁게 뛰어다니는 포와링을 바라봤다.

"함께 있는 동료가 엄청난 거물들뿐이라 자기하고는 어울리지 않아서, 분명 있든 없든 상관없을 거고, 누구도 주목 해주지 않지만……."

뽀~옹 하고 크게 뛰는 포와링을 눈으로 쫓으면서, 아코는 동경하듯이 말했다.

"그래도, 모두가 받아들여 주고, 이렇게 같이 있어 주니까…… 이런 것도, 실은 엄청 행복한 거예요."

"왠지 자신감 넘치는 말투네."

"네. 그야, 저도 똑같으니까요."

아코는 그렇게 말하며 부드럽게 웃었다.

뭣, 그렇지는 않아!

있든 없든 상관없다니, 그럴 리가 있냐!

"바보 같은 소리 하지 마. 아코하고는 전혀 다르다고."

"그치만 게임에서 알고 지내는 사람도, 현실에서 알고 지내는 사람도, 다들 굉장한 사람만 있잖아요."

"게임에서는 굉장하지만 글러먹은 사람도 엄청 많잖아."

바츠라든가 디 씨라든가. 디 씨는 엄청 글러먹은 사람일지도 모르지만.

"나 같은 경우도 굉장하지 않은 사람 대표고."

"루시안은 굉장해요!"

아코는 마치 자기를 자랑하는 것처럼 진심으로 기쁜 듯이 말했다.

"친구가 엄청 많고, 어디 있어도 믿음직하잖아요. 루시안을 확실하게 알고, 그러면서도 싫어하는 사람은 본 적이 없어요!"

"나하고 맞지 않는 사람도 있다고!"

아코는 왜 이렇게 나를 과대평가하고, 반대로 자기를 과소평가하는 거지.

"그렇지 않아요! 루시안은 제게는 아까울 정도로 굉장한 남편이에요!"

"남편 아니거든…… 아아, 진짜, 이러니까 나는 언제나 걱정된다고……."

아코가 자기를 과소평가하는 걸 그만두고, 나를 과대평가하지 않게 되었을 때, 그때도 여전히 이렇게 있을 수 있을까, 줄곧 불안하단 말이지.

"야, 아코. 자리에 어울리지 않는다거나, 있든 없든 상관없다거나, 아무도 알아주지 않는다거나, 그렇게 말했지?"

"……네."

"하지만, 알아주는 사람은 반드시 있어."

저기 봐, 하고 한 바퀴 돌고 점프한 포와링을 가리켰다.

"눈에 띄지 않는 구석에 있지만, 가장 즐거워 보이잖아. 저런 녀석을, 나는 줄곧 보고 있었으니까."

"루시안……."

우리가 보는 앞에서 포와링이 미끄러져서 넘어졌고, 주변 마스코트가 말려들어서 풀썩풀썩 쓰러졌다. 꽤 하네, 포와링. 활약했잖아.

마스코트 캐릭터들이 와글와글 모여 있다는 것밖에 보이지 않는 광경— 그 시작이 별로 알려지지 않은 게임 캐릭터라는 걸, 아무도 깨닫지 못하겠지만…….

"저렇게 가끔 저지르니까, 보고 있으면 질리지 않는다고."

그렇게 말하며 아코의 머리에 손을 얹었다.

"……네."

아코는 작은 목소리로 말하고는—

"고마워요."

내 가슴에 살짝 머리를 기댔다.

—왠지 지금, 키스를 할 수 있을 것 같은, 그런 기분이 들었다.

아니, 할 수 있다. 분위기는 완벽하고, 아코의 텐션도 문제없다.

선택지도 확실하게 키스를 권유해줬다.

하지만…… 하지만, 여기서 키스를 하는 건 뭔가 아닌 것 같았다.

아코의 고민을 이용하는 짓은 하고 싶지 않고, 좀 더 전해주고 싶은 게 있었다.

"야, 아코. 퍼레이드도 지나갔으니, 세가와랑 아키야마를 찾으러 가자."

"아…… 네, 그래야겠네요."

아코는 살짝 젖은 눈가를 닦고 양손을 꽉 쥐었다.

"열심히 찾아봐요!"

"그래!"

나는 아코의 손을 잡고 걸음을 옮겼다.

두 사람이 있는 곳은 헤일료 쪽이고, 길 반대편이니까…….

"아코~! 니시무라~!"

"여기여기~."

우왓, 바로 근처에 있었잖아.

퍼레이드가 지나간 길 반대편에 바로 두 사람이 있었다.

"너희들, 포와링 봤어? 아까 있었잖아."

"맞아! 귀여웠어."

거봐, 역시나.

두 사람 다 눈에 띄지 않는 곳에서 노력하던 포와링을 확실히 보고 있었다.

"두 사람 다 발견했네요."

"당연한 거 아냐?"

세가와는 당연하다면서 가슴을 폈다.

"그보다, 너희가 있던 곳도 알고 있었어."

"정말인가요? 이쪽에서는 전혀 몰랐는데요."

"아코는 알아보기 쉬우니까, 있으면 바로 알거든."

"그런……가요?"

"다른 사람은 모르겠지만, 우리는 바로 알아챈다니까."

세가와는 딱히 긴장감도 없이, 마치 당연하다는 듯이 말했다.

아아, 정말이지. 이렇게 좋은 타이밍에 그런 말을 하네. 이 녀석들, 정말로 좋은 동료라니까.

"그치? 제대로 봐주는 사람, 그밖에도 있잖아?"

"네!"

기뻐하며 말한 아코는 세가와와 아키야마 사이에 끼어들듯이 뛰어들었다.

"왜 그래? 아코."

"아코, 잠시 떨어져 있어서 쓸쓸했어?"

아키야마에게 귀여움을 받는 아코를 바라보며 이걸로 됐다며 끄덕였다.

아코의 생각을 얼버무리면서 키스를 하는 것보다는, 무슨 소리야, 너를 언제나 봐주는 녀석은 엄청 많다고, 그렇게 말해주는 편이 더 중요하다.

나는 잘못하지 않았어…… 잘못하지 않았다니까…… 잘못하지 않았는걸.

"넌 왜 아까운 짓을 했다는 표정인데? 퍼레이드 안 봤어?"

"그런 표정 안 지었거든?!"

후회 같은 건 안 해!

"포와링도 제대로 보고 있었어. 넘어져서 주변 마스코트에게 밟히는 것도 귀여웠지."

"동그란 아이한테 빨려들어 갈 뻔했지."

"그 녀석은 뭐든지 빨아들이니까."

……조금 아까웠을지도.

이크, 맞다. 마스터에게 답신을 보내야지.

【니시무라】시큐~ 시큐~.

【애플리코트】어떻게 됐나, 루시안 대원. 임무는 달성했나.

【니시무라】분위기는 완벽했지만, 일부러 3번을 골랐어.

【애플리코트】어째서냐?! 이쪽의 예측으로는 완벽한 타이밍이었을 텐데?

【니시무라】아…… 어떻게 말해야 하나.

억지로 말하자면―.

【니시무라】그게, 키스보다도 중요한 게 있잖아.

【애플리코트】……흠음.

마스터는 잠시 고민하듯이 멈춘 뒤―.

【애플리코트】그건 어쩔 수 없겠군. 그런 선택지는 중요하다. 눈앞의 욕망에 사로잡힌다면 트루 엔딩을 놓치고 말지.

【니시무라】그렇지?

역시 마스터는 잘 안다니까.

내가 목표로 하는 건 최고의 엔딩이다. 그러니까 괜찮아. 기회는 아직 있어.

【애플리코트】목표로 한다면 해피 엔딩…… 혹은 트루 엔딩이다. 나머지는 하렘 엔딩 같은 방법도.

【니시무라】그건 없어.

아, 역시 이 사람 잘 모르는 걸지도…….

【애플리코트】그럼 전원의 호감도를 표시하마.

【니시무라】안 해도 된다고!

††† ††† †††

"그 봉제인형, 뭐에 쓸 건데?"

"이건 마스터한테 줄 선물이에요!"

"쿄우 선배, 의외로 그런 걸 좋아할 것 같아."

"그렇죠! 분명 끌어안고 잘 거예요!"

"……거, 거기까지는 모르겠는데?"

아코는 포와링 봉제인형(중)을 들고 만족스럽게 말했다.

아슬아슬한 시간까지 선물을 이것저것 산 뒤에 즐거웠던 USO를 나오자, 마찬가지로 실컷 놀았던 동급생들이 집합 장소에서 기다리고 있었다.

"수고했어. 시간 딱 맞춰 왔네."

그리고 선생님이 안심한 표정으로 우리를 맞이했다.

"이 그룹이 가장 불안했으니까, 아무 일도 없어서 다행이야."

"선생님은 걱정도 많네~."

"일하러 왔으니까 당연하잖니!"

그 말만큼은 확실히 성실하긴 했지만…….

"선생님, 선물 봉투가 누구보다도 커다란 기분이……."

"이건 어른의 자금력이야."

그야말로 어른의 구입!

"그럼 호텔로 돌아가자. 오늘은 시간도 늦었으니까 바로 자야 한다."

네~, 라고 대답하면서 오늘 밤의 숙박지, USO 직영 호텔로 돌아왔다.

호텔 내부도 USO에 어울리게 장식되어 있어서, 아무래도 흥분이 식지 않는단 말이지.

"이야~, 실컷 즐겼어."

"내일로 끝이라고 생각하니 쓸쓸하네."

벌써 셋째 날이 끝났으니까, 남은 건 최종일뿐이다.

즐거웠던 수학여행도 내일이 최종일…… 우우, 아쉽다.

"아직 부족하죠!"

"사흘이나 놀았는데 말이지."

"최종일은 야외 학습이 메인이니까, 나중에 발표용으로 쓸 자료사진을 제대로 모아둬야 해."

"사진만큼은 대충 찍을 수 없으니까!"

"그런 거야!"

아키야마와 세가와가 웃으면서 요령 좋은 말을 했다.

"저기~."

그때 문득 아코가, 뭔가 걸리는 듯한, 불안한 목소리로 입을 열었다.

"학교 이야기를 하다 보니까 뭔가 잊어버린 기분이 드는데, 그냥 기분 탓일까요?"

"잊어버렸다니…… 설마 잊은 물건인가?"

"지금이라면 아직 늦지 않은 거 아냐?"

"아뇨, 그런 게 아니라요. 수학여행에서 하다가 남은 거라고나 할까, 해야 하는 거라고나 할까……."

"하지만 메오토 다이코쿠샤에는 갔잖아."

"돌아다니면서 먹기도 했지."

"USO도 전부 돌았잖아."

으~음, 하고 고개를 갸웃했다.

내가 하다가 남긴 건 물론 있지만, 그건 아코가 할 말은 아니고…… 뭐지?

호텔 앞에서 멈춰 선 우리의 주머니에서, 휴대전화가 삐롱삐롱 동시에 울렸다.

【애플리코트】슬슬 셋째 날 일정도 끝날 무렵이니 말을 걸도록 할까.

화면에는, 마스터가 보낸 메시지가 띄워져 있었다.

【애플리코트】주회 할당량 쪽이 진행되지 않는 것처럼 보인다만…… 어떻게 된 거냐?

—앗!

"맞다, 주회야!"

"아차, 완전히 까먹고 있었어!"

"그런 게 있었지…… 전혀 안 했는데……."

"어, 어쩌죠!"

"큰일인데……."

아코가 조금 전과는 다른 의미로 울상을 짓자, 나도 머리를 감싸 쥘 수밖에 없었다.

USO가 너무 즐거워서, 한 번도 못 돌았어!

4장

"이게 가장 빠를 거라 생각합니다!"

And you thought there is Never a girl online?

"남은 건 165포인트인가."

"곤란하네……."

"이건 조금 무리 아닐까?"

"그래도 코어는 갖고 싶어!"

수학여행 최종일.

—이기는 하지만, 이제 밤 열두 시를 막 지났다. 그야말로 날짜가 바뀌어서 최종일이 된 시간.

우리는 호텔 밖에 모여서 긴급 대책회의를 열고 있었다.

『첫날은 할당량대로 진행되어서 둘째 날에 다소 느려졌어도 언급은 하지 않았다만…… 셋째 날, 거의 이벤트 포인트가 늘지 않는 걸 보고 역시 확인을 해야겠다 싶어서 말이다.』

전화 너머에서 마스터가 미안한 듯이 말했다.

"오히려 조금 더 빨리 말해줬으면 좋겠다, 라고 말하고 싶을 정도야."

"마스터 탓이 아닌데요?"

"알고 있어. 완전히 우리 탓이야."

"저질러버렸네…… 하루 안에 벌어야 하는 포인트가, 이거……."

165. 그게 오늘 저녁 여섯 시에 출발하는 신칸센에 탈 때까지 우리 넷이서 획득해야 할 이벤트 포인트다.

애초에 나흘 동안 400포인트를 벌 예정이었으니, 절반 정도밖에 진행되지 않은 셈이다.

"이 사흘, 우리는 왜 이렇게 쓸모없는 시간을 보냈던 거야……!"

"수학여행을 마음껏 즐겼잖아?! 쓸모없지 않은데?!"

그렇긴 하지만!

"수학여행은 즐거웠지만, 제대로 퀘스트를 돌았어야 했다는 것도 사실이고."

"지금부터 아침까지……는 역시 안 되겠죠?"

"안 돼! 호텔에서는 하지 않겠다고 선생님하고 약속했잖아!"

"우우, 그러네요."

"바로 들키니까."

같은 길드인 선생님은 우리의 로그인 정보나 대략적인 위치를 파악할 수 있다.

게다가 선생님은 자기 할당량 이상으로 포인트를 벌고 있는 것 같으니, 호텔에서 퀘스트를 하고 있는 것 같다. 약속을 깨면 바로 들킨다.

"으음, 지금까지 주회 효율이 안 좋았던 건, 리모트로 하고 있는 탓도 있다고 생각해."

"그렇지. 최단시간으로는 절대 불가능하고."

"저는 두 배나 시간이 걸려버려요."

익숙하지 않은 방식이고, 시스템적으로 렉도 걸린다. 난이도가 낮아서 죽을 일은 없다지만 역시 클리어 시간은 느려진다.

"그냥 내일 인터넷 카페로 가서 하는 건 어때?"

세가와가 안내서 중 한 부분, 자유시간이라 적힌 글자를 가리키며 말했다.

"내일은 어차피 종일 자유시간이잖아? 자유니까 인터넷 카페로 가도 괜찮을 거 아냐."

"안 돼!"

아키야마가 당황했다.

"일정을 바꾸지 않고 수학여행을 즐기겠다고 유이 선생님하고 약속했잖아?!"

"내일 몫의 고양이공주 퀘스트, 받았는데요?"

아코도 봉투를 꺼내며 말했다.

"그렇지. 약속했지."

"나나코가 관광 루트를 생각했으니까."

아키야마가 가장 기대하고 있던 교토다. 제대로 돌아보지 않고 수학여행을 끝내는 건 너무하다.

"응, 맞아. 그렇긴 하지만, 그래도……."

그런 아키야마가 매우 유감스럽다는 표정을 지었다.

"오늘 놀이기구에서 비행선에 타보니까, 나도 조금 비행선을 만들고 싶어졌어⋯⋯!"

오, 오염됐어!

"인터넷 카페에 가면 비행선 코어, 받을 수 있는 걸까⋯⋯."

"아침에 해산해서, 저녁까지 자유시간이잖아? 그것도 컴퓨터로 조작하니까 효율도 좋고."

"거기까지 가는 이동시간에도 주회를 돌 수 있으니까, 다섯 시간 정도면 충분히 달성할 수 있겠어⋯⋯."

"다섯 시간이라면 여유가 있네⋯⋯."

마음먹고 인터넷 카페에 틀어박히면 문제없이 할당량을 달성할 수 있다.

우리의 목표, 비행선 코어에 손이 닿을 거다.

"하지만 우릴 믿어준 선생님을 배신하게 되잖아⋯⋯."

"우리가 즐길 수 있도록 일부러 퀘스트를 준비해주기도 했고⋯⋯."

『너희를 보내준 가족들도, 수학여행을 즐기는 걸 바라고 계실 거다.』

마스터의 말을 듣자, 첫날 배웅해준 여동생과 엄마의 얼굴이 뇌리를 스쳤다.

그리고 그 얼굴은, 왠지 신기하게도 나를 보며 말을 건넸다.

『오빠야 늘 그러니까, 딱히 필사적으로 수학여행답게 행동하지 않아도 될 것 같은데?』

『남에게 폐를 끼치지 않는다면 마음대로 해도 괜찮은데?』

—우리 가족에 대해서는 잊어버리자. 이 사람들은 특별사
례다.

　"최종적으로는, 양자택일인가……."

　"게임을 위해 수학여행을 희생할까, 수학여행을 위해 게
임을 포기할까네."

　온라인 게임이냐 현실이냐를 고르지 않으면 안 되는 건
가…….

　이성은 현실을 골라야 한다고 말한다.

　하지만 비행선 코어는 갖고 싶고, 최종적으로 온라인 게임
을 했다는 추억도 우리답기는 하다는 생각도 든다.

　게다가— 여기서 수학여행이 끝나버리면, 내 목적은 달성
할 수 없다.

　"으음, 아코는 어떻게 생각해?"

　정하지 못한 표정의 세가와가 멍하니 우리를 보고 있던
아코에게 물었다.

　그러고 보니 아코, 조금 전부터 은근히 침착하네. 평소였
다면 좀 더 게임게임~ 하고 주장할 텐데.

　"저, 잠깐 생각해 봤는데요."

　아코는 손에 든 고양이공주 퀘스트를 흔들며 말했다.

　"게임이냐 현실이냐, 하나를 선택하지 않으면 안 되는 건
가요?"

　근본적인 이야기로 돌아왔어!

"그야 그렇지."

"맞아. 시간적으로 무리잖아."

교토 관광을 하면 인터넷 카페에 갈 시간이 있을 리가 없고, 인터넷 카페에 가면 이제 관광은 포기할 수밖에 없고.

하지만 아코는 스마트폰 지도를 보며 말했다.

"서둘러서 해도 안 되나요?"

"……서둘러?"

"네!"

아코가 교토 지도를 보면서 내게 물었다.

"가볼 예정이었던 절 같은 곳을 효율 좋게 서둘러서 돌면, 로그인할 시간이 조금 남지 않을까요?"

"……예정대로, 하지만 최대한 빨리 끝마치고, 그 후에 할당량을 끝내자는 거야?"

"네. 최종일 일정에는 어느 절에 몇 시까지 간다는 건 적혀 있지 않으니까요."

『최대한 빨리 일정대로 돌면, 약속대로라는 건가…….』

"그렇게 하면 수학여행을 최고로 즐기고, 그 상태로 온라인 게임 할당량도 끝낼 수 있겠네!"

"서두르더라도 즐길 수 있으니까요!"

"가장 효율 좋은 관광 루트로, 신속하게 돈다…… 응, 재미있어 보여!"

아키야마도 내키는 마음이다.

좋아, 그럼 그걸로 정해졌네.

"그럼 내일 일정은, 교토 관광 리얼 타임 어택이다!"

"이게 가장 빠를 거라 생각합니다!"[#15]

이제 좀 용서해줘!

선생님에게 들키지 않도록 몰래 방으로 돌아가던 도중—.

『루시안, 이걸로 괜찮은 거냐.』

"괜찮냐니, 뭐가?"

연결되어 있던 통화에서 마스터의 목소리가 나왔다.

『예정된 교토 관광을 최대한 빨리 끝내고, 나머지 시간은 온라인 게임에 쏟는다. 그렇다면, 원래 시간 여유가 생길 때의 목적지였던 비와호, 추억의 부두로는 가지 못하게 될 거다.』

"그러게."

애초에 비와호는 여유가 생기면 가게 되어 있었다.

타임 어택을 하려고 하는 마당에 그럴 여유는 물론 없겠지.

"가는 건 포기할 수밖에 없겠네."

그런 데다, 재빠르게 관광지를 돌려고 하면 필연적으로 서두르게 된다.

"도저히 좋은 분위기에서 키스하자는 소리는 할 수 없을 것 같아."

#15 "이게 가장 빠를 거라 생각합니다!" 어떤 타임 어택 영상 제작자가 이 말과 함께 영상을 올렸다가 얼마 되지 않아 더 빠른 기록이 올라오면서 놀림감이 되어 생긴 어록.

『알고 있었다면 반대해도 좋았을 것을.』

마스터는 조금 후회하는 목소리로 말했다.

『아코 군이라면, 관광이 아니라 게임을 하자고 하지 않을까 싶었다만.』

"나도 조금 놀랐어."

양쪽 다 하자는 욕심 많은 소리를 하다니.

하지만 그건 무척 좋은 아이디어라고 생각한다.

그리고 무엇보다도, 게임도 현실도 모두 버리지 않겠다는 생각은 나도 마찬가지다. 그러니까, 이제 괜찮다.

"내 목적 같은 건 딱히 상관없어. 모두의 즐거운 수학여행을 방해하면서까지 할 일은 아니니까."

『하지만, 지금까지 그걸 위해 노력해왔잖나.』

"오히려 기회는 많았을 정도야."

지금까지도 이런저런 이유를 달아가며 도망쳐왔던 대가가 돌아온 셈이다.

"게다가, 이건 이것대로 즐거웠으니까."

즐거운 수학여행의 추억.

이건 실패하더라도 괜찮다. 내 일이니까.

"마스터하고 협력해서 이것저것 노력해서, 실패했지만 즐거웠어…… 자, 최고의 수학여행이잖아."

『루시안…….』

"고마워, 마스터…… 아니, 서포트 마스터. 서포트는 여기까지야."

쓸데없는 일은 잊어버리고, 내일은 수학여행을 즐기자!

하늘을 올려다보자 달이 찬란하게 빛나고 있었다.

내일도 더울 것 같네.

"집합장소는 교토역이야. 신오사카역이 아니야. 오사카 관광을 계획했던 사람도 반드시 교토역으로 올 것. 그럼— 해산!"

"준비, 스타트!"

"달려라~!"

선생님의 해산 선언이 나온 순간, 우리는 역을 향해 달렸다.

"아침부터 힘들어요~!"

"아코가 타임 어택을 하자고 해서 그런 거잖아!"

"달릴 줄은 몰랐어요~!"

"전철을 타면 쉴 수 있으니까, 힘내!"

"루시안이야말로 괜찮은가요? 제 짐까지 들어주고."

"솔직히 힘들어!"

"죄송해요오오오오오!"

아코의 짐, 내 짐보다 훨씬 무거우니까!

하지만 모두의, 그리고 내 최고의 수학여행을 위해, 여기서는 달려야지!

전철 안에서 퀘스트를 하며 교토까지 전철로 30분 정도 이동했다.

그리고 관광객으로 넘쳐나는 교토역에서 스마트폰 지도를 들여다봤다.

"처음 목적지는 어디야?!"

"타임키퍼 아카네의 차트에 맡겨둬! 우선은 먼 곳, 킨카쿠지(金閣寺)부터야!"

"킨카쿠지! 관광지라는 느낌이네요!"

"처음부터 메인이라니, 꽤 아까운 순회 방식이라는 느낌이 드는데……."

"그게 최단이니까 어쩔 수 없잖아!"

그래그래, 중요한 건 우선 시간! 타임 어택이니까!

"루트는 어떻게 할 거야?"

"전철로 가장 가까운 역으로 가서, 거기서 버스! 도로는 혼잡하니까 버스 이용은 최소한으로 줄일 거야!"

"알겠습니다!"

"좋았어, 고고고!"

연못에 떠 있는 것처럼 지어진, 황금의 건물.

타임키퍼 아카네의 지시 아래 최단 루트로 도착한 곳은—.

"진짜 킨카쿠지다~!"

"진짜로 황금이네, 킨카쿠지."

"이걸 만드는 데 얼마나 들였을까?"

"옛날 사람은 대단하네요."

"이걸 지은 건 50년 정도 전이야."

그랬어?! 천 년 전이 아니라?!

"엄청 최근이잖아! 어째서?!"

"타버렸거든."

듣고 보니, 근대사 수업에서 들은 적이 있는 것도 같다.

"유감이네, 타버리기 전의 모습도 보고 싶어."

"그래도, 이렇게나 예쁘면 불만은 없잖아?"

"맞아요, 엄청 근사해요."

그렇지. 우리에게는 이게 킨카쿠지야. 얼티밋 온라인을 잊지 못하는 고참처럼 되어서는 안 되겠지.

아니, 이런 이야기를 할 시간은 없었다.

"좋아, 사진 찍고, 퀘스트를 하자!"

"그랬었죠! 여기의 고양이공주 퀘스트는……."

아코가 봉투를 열자, 그곳에 적혀 있던 것은 이랬다.

●킨카쿠지를 게임 내에서 지으려면 어떻게 해야 할지 고찰해보라냐 0/1

"게임 내에서?!"

"유저 홈으로 킨카쿠지를 만든다는 거야? 그런 게 가능해?"

어, 어떨까? 나는 모르겠어!

"건축 담당 아키야마, 해답을 부탁해!"

"뭐엇?! 비슷한 파츠는 있을지도 모르지만, 가능할까아?"

"저요, 저요! 외장에 모든 코스트를 다 퍼붓고, 안쪽을 텅 비워버리면 가능할 것 같아요!"

"그러게. 겉모습에 전부 투자하면 가능할지도 몰라!"

앨리 캣츠의 건축 담당 두 명의 의견이 모였다!

"좋아, 세가와!"

"오케이, 바깥쪽만이라면 기회가 있을지도, 라고 적었어!"

"좋았어, 다음이다!"

"뭐~?! 킨카쿠지 벌써 끝이야?! 조금만 더 보고 싶어!"

킨카쿠지를 아쉬워하는 아키야마의 등을 밀었다.

"나중에 또 느긋하게 보자!"

"다음에는 긴카쿠지(銀閣寺)니까! 그쪽도 보고 싶잖아!"

우리는 서둘러서 이동했다.

긴카쿠지는 킨카쿠지에서 동쪽으로 조금 떨어진 곳에 있었다.

교토 중심부에서 보면 선대칭 같이 느껴질 위치일지도 모른다.

"킨카쿠지와 함께, 좌우로 교토를 지키는 듯한 위치네."

"결계의 기점 같은 게 될 것 같아."

"동시에 공략하지 않으면 교토 던전에 돌입하지 못하는 거네요!"

"분명 나오는 몬스터는 요괴일 거야."

아키야마까지 개그를 하면 태클을 걸 사람이 없어!

그런 긴카쿠지는 아까 봤던 킨카쿠지보다 수수한, 그래도 역사가 느껴지는 정취라서 나는 이쪽이 더 좋았다.

은색은 아니었지만.

"이쪽은 은색이 아니네."

"킨카쿠지는 금색이었는데 말야."

"이쪽의 절은 오래된 것 같으니까, 전부 벗겨진 게 아닐까요?"

"어? 주변에 은덩어리 같은 게 떨어져 있지 않아?"

"그런 의미로 긴카쿠지라 부르는 게 아니거든?!"

어라? 아닌가? 틀림없이 옛날에는 은색이어서 긴카쿠지인 줄 알았는데…….

"사소한 건 신경 쓰지 말고 빨리 퀘스트하자, 퀘스트."

"에이, 물어봐줘~!"

조금 더 이야기를 하고 싶어 하는 아키야마에게 스톱을 걸고 고양이공주 퀘스트를 열었다.

"여기의 고양이공주 퀘스트는— 자!"

아코가 꺼낸 봉투 안에 들어있던 것은 이랬다.

●세테의 해설을 제대로 들으라냐 0/3

"이 사람 무슨 초능력자야?!"

"읽히고 있네."

"해설 시간이다~!"

아키야마가 엄청 기분 좋아 보여!

"그게 말이지, 애초에 긴카쿠지라는 건 정식 명칭이 아니야. 정식으로는 지쇼지, 히가시야마 지쇼지(東山慈照寺)라고 하거든."

"잠깐만, 아키야마. 짧게, 짧게 해줘."

"아, 긴카쿠지는 모래 정원이 엄청 예뻐서, 사람에 따라서는 이쪽이 메인이라고 말할 정도야. 이건 절대로 놓쳐서는 안 돼!"

"나나코?! 이거 타임 어택 도중이거든?!"

시, 시간이~!

다음으로 찾아간 곳은 산 중턱에 지어져서 시내를 내려다볼 수 있는 멋들어진 절이었다.

여기는 텔레비전에서 몇 번이나 본 적이 있어!

"키요미즈데라(淸水寺)다~!"

아, 지금 이건 아키야마의 고함소리입니다.

"아까부터 아키야마가 엄청 흥분했네."

"실은 처음 왔거든!"

"그랬어?!"

의외다!

그보다 이 녀석도 흥분하면 말이 빨라지네. 그래서 왠지 흐뭇하다.

"저기, 이제 타임키퍼인 나 말고 나나코가 루트를 정하지 않을래?!"

"세가와가 길을 잘못 들어서 그렇지."

"교토의 길은 복잡하다고!"

이미 완전히 아키야마가 안내원을 맡고 있었다.

"지, 지쳤어요……."

참배길이 꽤나 힘들어서, 평소에도 운동 부족인 아코가 휘청거렸다.

"관광은 꽤 체력이 필요하구나."

"VIT에 투자하지 않은 사람에게 인권은 없는 건가요!"

즉사당하면 곤란하니까, 조금은 투자해둬.

"그보다도 아코. 여기여기, 키요미즈의 무대는 이쪽이야!"

"당기지 말아주세요~."

아키야마에게 손을 잡혀 끌려간 곳에, 그 장소가 있었다.

생각보다도 작은, 하지만 상상한 것 이상의 광경이었다.

"예쁘다~!"

"절경이네."

"단풍이 드는 시기라면 에어즈 록에도 뒤지지 않을 거라 생각해."

그건 그렇겠지. 아니, 그보다 너, 처음 왔다고 하지 않았냐?!

"그나저나 키요미즈의 무대에서 뛰어내린다는 말도 있는데, 여기서 뛰어내리다니 터무니없네."

"목숨을 소중히, 네요."

정말이야 정말. 너무 무섭잖아.

"여기의 고양이공주 퀘스트는?"

"어어어……."

종이에는 이렇게 적혀 있었다.

●키요미즈의 무대에서 떨어질 때의 낙하 대미지를 추측 해보라냐 0/1

낙하 대미지?! 왜 이런 퀘스트인데?!

"LA 기준으로 해도 돼?! 낙하 대미지의 계산식이 뭐였더라!"

"확실히 5미터 이상의 낙하로 대미지 판정이 나오고, 높이 1미터당 500+최대 HP의 5퍼센트이지 않았던가."

"세테 씨, 이 무대는 높이 몇 미터인가요?"

"해설에 적혀 있어. 12미터래."

으음, 12미터라면…….

"그럼 6000+최대 HP의 60%? 이러면 죽잖아!"

"나라면 일단 살아남을 것 같지만, 아코는 아슬아슬하겠네."

"왠지 갑자기 무서워졌어요!"

"8할 정도는 살아남는다고 하지만…… 절대로 뛰어내리면 안 되겠네."

모두의 얼굴이 조금 굳어졌다.

LA라면 죽는다고 하니까, 현실에서 뛰어내릴 생각이 전혀 들지 않네.

"도착했어~! 여기, 내가 가장 오고 싶던 곳! 렌게오인(蓮華王院)의 산쥬산겐도(三十三間堂)!"

다음으로 찾아온 곳은 키요미즈데라에서 가까운 산쥬산겐도였다.

터무니없이 길쭉한 본당 안에 대량의 불상이 놓여서 엄청난 압력을 발하고 있었다.

뭐야, 이거! 이런 곳도 있었나!

"길어! 넓어! 오오!"

"그런 리액션이 나오지? 보기만 해도 임팩트가 있으니까 흥미가 없던 사람도 굉장하다고 생각하지?"

"엄청난 숫자네. 이 불상, 몇 개나 있는 거야?"

"천 개하고도 하나의 천수관음님이 계십니다!"

"후와~."

…….

잠시 타임 어택도 잊어버리고, 너무나도 대단한 광경에 빨려 들어간 듯이 침묵했다.

"……말하지 않는 편이 나을지도 모르겠는데."

그런 가운데, 세가와가 입을 열었다.

"여기, 광역 공격이 잘 먹힐 것 같아."

"아카네?!"

아아, 말해버렸어! 말하지 않으려고 참고 있었는데!

"미안, 나도 한가운데로 가서 도발을 넣고 싶다고 생각했어."

"힐을 너무 쓰면 끄트머리 쪽의 타깃을 끌 것 같아요."

"다들 불성실해!"

아키야마가 불끈불끈 화낸 뒤─.

"……서머너는 광역 공격이 적단 말이야."

"세테 씨도 생각하고 있었잖아요!"

"그치만, 무심코~!"

이 녀석도 이제 훌륭한 온라인 게임 폐인이네.

"그보다도 자, 타임 어택이잖아. 빨리 퀘스트~."

"그랬었죠. 어어, 이 퀘스트는……."

●자기가 좋아하는 천수관음에게 기도하고 오라냐 0/4

"좋아하는?! 좋아하는 관음?! 다 똑같잖아!"

"아냐, 잘 보니 얼굴 같은 게 다 다른데?"

"진짜로?!"

진짜다! 어느 관음상도 형태가 달라!

이 중에서 좋아하는 걸 고르라고?!

"천수관음1001의 좋아하는 멤버 선발이네…… 너무 많아서 반대로 난이도가 높아……."

천수관음1001?!

"으음, 나는 누구든 다 너무 좋아서……."

"이런 곳에서 다 좋아한다고 주장해봐야 의미가 없잖아!"

"어느 게 좋을까…… 뭔가 다정해 보이는 이 얼굴로 할까……."

"아, 이 사람 루시안하고 비슷해요."

"사람이 아니잖아!"

"사진은 찍으면 안 되니까, 개인적으로 골라서 기도하자."

고른 하나에 기도를 바쳤다.

"왠지 마음에 드는 걸 찾으니까 또 오고 싶어지네."

"꼭 오자! 이렇게 시간 없을 때가 아니라, 천천히 봐야지!"

"그, 그러네요."

진지한 표정의 아키야마에게 고개를 끄덕여줬다.

조금 전부터 괜찮은 부분만 보고 바로 이동하고 있으니까, 좀 더 차분하게 보고 싶은 마음은 이해한다. 그래도 미안. 이건 타임 어택이야.

"다음으로 가자~."

"조금만 더 보고 싶어! 전원의 얼굴을 보게 해줘~!"

아키야마를 잡아당기며 다음 관광지로 향했다.

그리고 마지막 관광지─.

"후시미 이나리 타이샤입니다!"

"예쁜 신사네요."

"크네."

넓고 예쁜 참배길 정면에 커다란 본전이 우뚝 솟아있다.

알기 쉬운 신사라는 느낌이네.

"으음, 모두가 마음에 들어 할 만한 건 좀 더 안쪽이려나?"

"어디어디?"

도리이(鳥居)가 여러 개 있는 길을 나아가서 한층 안쪽으로 들어갔다.

그곳에는, 엄청난 숫자의 도리이가 기다리고 있었다.

"저기, 이 광경 굉장하지 않아? 그냥 보기만 해도 영험해 보이는 느낌이지?"

응, 이건 굉장하다. 도리이의 숫자에 압도당했다.

본전도 물론 예쁘긴 했지만, 숫자와 통일감이라는 것도 힘이 된다는 걸 잘 알게 되었다.

게다가 이거, 왠지 애니메이션 같은 데서 본 적이 있다.

"이거, 어떻게 되어 있는 거야?"

"센본(千本) 도리이라고 해!"

"또 천 시리즈?!"

"아까는 1001개였는데, 이 도리이는 몇 개나 있는 걸까?"

"800개 정도였던가? 숫자는 때때로 달라지는 것 같아. 돈을 내면 자기 도리이를 봉납할 수 있대."

"돈을 내면, 말인가요?"

…….

순간 침묵한 뒤, 전원의 생각이 하나가 되었다.

"마스터가 없어서 다행이네요."

"정말이야."

"추억이니 뭐니 그러면서 도리이를 의뢰했을 거야."

"이미 앨리 캣츠라고 적힌 도리이가 있더라도 놀라지 않을 것 같아."

설마, 아무리 마스터라도…… 없겠지?

"그런데 여기의 고양이공주 퀘스트는?"

"어어……."

●도리이를 100개 이상 지나가라냐 0/100

도리이를 많이 지나가라는 퀘스트인가.

지금까지도 꽤 커다란 도리이가 있었지만, 100개는 지나지 않았었지.

"그렇다면…… 이 앞으로 가야 한다는 건가……."

"이 도리이가 잔뜩 늘어선 길 앞으로, 말인가요……."

길 끝을 바라본 뒤, 아코는 힐끔힐끔 주변에 시선을 보내며 말했다.

"저기, 이 주변에 세이브 포인트 없나요?"

"세이브?!"

"그러게. 이 광경은 어딜 봐도 보스니까. 세이브를 하고 싶어져."

"타임 어택이긴 하지만, 일부러 공격적인 세이브를 선택하고 싶어요."

"이 임팩트는 종반부의 보스가 틀림없으니까."

노 세이브로 돌진하기에는 무서운 맵이지.

"현실에 세이프 포인트는 없어! 자자, 나가자~."

"분명히 적이 나온다니까요! 여기서 돌아가요!"

"안쪽에서도 참배할 수 있으니까! 오모카루이시#16도 보자!"

"오모카루? 사부카루?"

"됐으니까 가자!"

"관광 완료~!"

"고~올!"

무사히 교토역으로 돌아왔다!

"히익, 지쳤어~!"

"뛰어다니긴 했지만, 꽤 이것저것 볼 수 있었어."

"나나코는 만족했어?"

"응, 서두르다 보니까 다들 질려버리기 전에 다음으로 가서, 계속 즐길 수 있었던 것 같아!"

가장 즐기고 있던 아키야마가 즐거웠다니 다행이다.

"주머니를 고를 시간을 조금 더 갖고 싶었지만……."

"여동생한테 줄 선물에 그렇게 시간을 들이지 않아도 돼!"

가장 나중으로 미뤄둔 안건이었으니까!

"아코의 제안대로 타임 어택을 했는데, 완주한 감상은?"

"전철과 버스 이동이 대부분일 거라 생각했는데, 상상 이상으로 도보가 많아서 엄청 힘들었어요."

초등학생급의 감상 고마워.

#16 오모카루이시(おもかる石) 소원의 가능성에 따라서 무게가 변한다는 돌.

"아직도 돌고 싶은 곳은 있지만……."

"그래도 일정은 클리어했으니까 문제없어."

"선생님은 이것도 많은 편이라고 했으니까."

일정으로서는 충분했다고 생각한다.

"지금 시간은……."

"오후 한 시! 지금부터 인터넷 카페로 가면 충분히 시간에 맞아!"

"해냈네요!"

"다들 열심히 했으니까."

게임과 현실을 양립하기 위해 교토를 돌고, 고양이공주 퀘스트도 전력으로 해서, 마침내 클리어했다.

한 번은 무리라고 생각했으니까, 감동도 크다.

"이걸로 비행선을 만들 수 있어~!"

"저희도 하늘로 날아오르는 거네요."

새로운 맵에도 갈 수 있고, 지금까지의 맵도 하늘에서밖에 갈 수 없는 곳이 많이 생길 거다.

상상한 것만으로도 두근두근하다.

"난 비행선이 생기면 조타수를 하고 싶어."

"좋네. 나는 갑판에서 몬스터와 전투하는 돌격대장을 할래!"

"저는 밥 같은 걸 만들게요! 분명 부엌 같은 것도 있을 거예요!"

"어제의 비행선이 즐거웠으니까, 포격수 같은 것도 해보고 싶어."

"선장은—."

"역시 마스터네요!"

선장 마스터 밑에서 모두 함께 하늘에 도전한다.

수학여행이 끝난 뒤에도 기대되는 게 있어서 좋네!

"아니, 노는 것만 생각하고 있지만, 여름방학에는 공부도 있잖아? 수험은 멀지 않은데?"

"싫다고 해도 입시 학원의 여름방학 특강은 들어줘야 해."

"듣~고~싶~지~않~아~요~!"

"나도~!"

"그런 말을 해도 안~돼!"

수험 같은 건 생각하고 싶지 않아! 즐거운 여름방학만 생각하고 싶어!

"말은 이렇게 하지만, 아직 할당량은 끝나지 않았잖아."

"그러게. 서둘러야지."

"알았어, 알았어."

"네~."

우리의 수학여행, 최종 목적지로 출발했다.

††† ††† †††

"호수다~!"

세가와가 기운차게 외치며 양손을 펼쳤다.

"소금 냄새는 나지 않네요."

"염분은 들어있지 않으니까."

아코는 코를 킁킁거렸고, 아키야마는 기분 좋은 듯이 기지개를 켰다.

맑은 하늘 아래에서, 푸르고 넓은 호수가 펼쳐져 있었다.

"저기, 파도가 일어나고 있는데, 정말로 바다 아니죠?"

"비와호잖아. 호수야."

"이렇게 커다라면 파도 정도는 나지! 후와~, 건너편 호숫가가 안 보여!"

우리가 찾아온 곳은 인터넷 카페— 가 아니라……

교토역에서 전철을 타고 조금만 가면 있는 곳— 시가현 비와호 근처, 호수를 한눈에 바라볼 수 있는 공원이었다.

여기에 포와링 호수의 모델이 된 부두가 있다.

있기는 하지. 그건 좋은데…….

어라~? 이상한데? 인터넷 카페에서 할당량 달성을 하려던 거 아니었나?

"우리, 왜 여기로 온 거지?"

"니시무라도 찬성했잖아."

"그렇긴 하지만."

누가 말을 꺼냈는지 기억이 잘 안 난다.

하지만, 아코가 「포와링 호수의 부두, 역시 보고 싶어요!」

라고 말했고, 세가와도 「적어도 비와호는 보고 돌아가고 싶어!」라고 말했던 것도 틀림없고, 아키야마 역시 「이걸로 끝이라니 시시해!」라고 주장했다.

게다가 나도 「이 흐름에서 인터넷 카페라니 아까워!」라고 말했고.

모두가 똑같은 소리를 하고, 전원이 충돌하지 않고 당연한 듯이 여기로 왔다.

"……열심히 타임 어택을 했던 건 뭐였던 거야."

"그건 그거잖아."

나는 왠지 석연치 않았지만, 가장 기대하던 교토를 서둘러 넘겨야 했던 아키야마가 오히려 기분 좋게 말했다.

"무리니까 어쩔 수 없이 게임을 포기한 게 아니라, 가능하지만 굳이 수학여행을 선택했다는 게 중요한 거야!"

"그런 건가?"

"사소한 건 됐어! 자, 호주로 간 애들은 골드 코스트에서 헤엄치고 있을 테니, 우리도 비와호를 만끽해야지!"

"아카네, 저쪽에 모래사장 있는데?"

"고~!"

두 사람이 기운차게 호숫가를 달렸다.

"아코는 어쩔래?"

"물론, 저 부두죠!"

아코가 그렇게 말하며 가리킨 곳―.

그곳에는 게임 속에서 이미 익숙한 부두가 있었다.

호수 쪽으로 돌출된, 복고풍 디자인의 부두.

오후 늦은 미묘한 시간 탓인지 우리 말고 다른 사람이 올 기척은 없었다.

"기억이 나네."

"몇 번이나 왔었으니까요."

포와링 호수는 레전더리 에이지 플레이어에게는 상당히 유명한 맵일 거다.

경치가 좋은 관광지로서 이름이 알려져 있고, 레벨이 낮을 때는 사냥터로서도 신세를 진다.

"AR 안경이 있다면 여기에서도 포와링을 볼 수 있었을까요?"

"여기는 USO가 아니거든?"

AR 안경은 반납했고, 있어도 아무것도 안 나와.

아코는 부두 난간에서 몸을 내밀며 신발 끝으로 부두를 톡톡 두드렸다.

"옛날에는 자주 여기서 포와링을 두들겼었죠."

"아코가 초보자였을 무렵에는 오로지 포와링 시리즈를 찰싹찰싹 때렸으니까."

포와링, 포포와링, 포포포와링, 이런 식으로 레벨이 다른 몬스터가 엄청 나오니까, 초보자가 사냥하기에 어울리는 맵이었지.

"지치면 둘이서 멍하니 호수를 봤었지."

"앉아 있으면 조금씩 포와링이 몰려왔었죠."

"그 AI는 무슨 설정인 걸까."

멍~하니 있으면 포와링이 몰려오니까, 왠지 모르게 애착이 솟아서 쓰러뜨리기 힘들단 말이지.

"그래도 별로 좋은 아이템은 나오지 않아서 슈도 마스터도 오지 않았으니까…… 여기에 올 때는 언제나 둘만 있었죠."

"그런 느긋한 사냥은 아코와 둘이 있지 않는 한 안 하니까."

싸우는 시간보다 앉아 있는 시간이 더 길었던 적도 많았다.

"저, 루시안하고 같이 느긋하게 보내는 시간이 너무 좋았어요. 루시안은 다른 사람하고 다르게 어서 레벨을 올려라~, 강해져라~, 라고 말하지 않아서요."

"나도 딱히 빡겜러가 아니었을 뿐이지만."

"그 무렵에는 즐거웠어요~."

"지금보다 즐거웠어?"

"그렇지는 않지만요."

아코가 고개를 붕붕 내저었다.

"단지, 여기는 저랑 루시안의 스타트 지점 중 하나인 것 같아서…… 그래서 여기서 프러포즈를 하려고 했어요."

아코의 머리가 두둥실 나부꼈다.

"이렇게 줄곧 함께, 천천히 느긋하게 보내면 좋겠다, 싶어서요."

아코는 그 머리를 살짝 누르면서 돌아봤다.

"즉답으로 거절당했지만요!"

그거지! 정말 그거라니까!

"미안하다니! 잘못했다고!"

"제가 거절당할 각오로 프러포즈하는 타입이 아니었다면, 거기서 은퇴했을 거거든요?!"

"아니, 정말 미안."

몇 번이나 사과했지만, 정말로 미안했다.

내가 꾸벅꾸벅 고개를 숙이자 아코는 조금 쓸쓸한 듯이 웃었다.

"루시안이 잘못한 게 아니니까, 사과할 필요는 없는데요."

"아니, 내 잘못이잖아."

"그렇지 않아요. 루시안은 진지하게 고민해서, 그래도 저랑 결혼할 수 없다고 생각한 거잖아요."

"그, 그렇긴 하지만."

"포기하지 않고 노력했더니 오케이를 받았던 건, 노력하면 보답을 받는 일도 있다는, 몇 안 되는 자신감으로도 이어졌고요!"

"……"

내가 아코의 프러포즈를 진지하게 고민하고, 거절하려고 했던 건 사실이다.

하지만 하나 말하지 않은 게 있다.

이 부두에 온다면, 이것만큼은 전해두고 싶다고 생각했던 일이다.

"그럼 사과는 하지 않겠지만…… 대신해서, 말해주고 싶은 게 있어."

"네?"

아코가 몸을 통째로 이쪽으로 돌렸다.

그 얼굴을 빤히 보면서, 입을 열었다.

"고마워."

그리고, 하나 더.

"기뻤어."

"……기뻤다고요?"

"기뻤지."

되묻는 아코에게 똑같이 말해줬다.

"게임에서, 아코가 나를 좋아한다고 말해줬을 때, 프러포즈를 받았을 때, 엄청 기뻤어. 나도 아코를 좋아했었으니까."

"어, 네엣?! 루시안, 저를 좋아했었나요?!"

"그게 아니라면 끈질기게 말했다고 결혼하지는 않아!"

내심 좋아했었고, 좋은 느낌이네~ 라고 생각하던 아이가 프러포즈를 해줘서 엄청 기뻤단 말이지!

"어제 아코가 그랬잖아. 자기를 봐주는 사람이 없다고. 하지만 그렇지 않아. 나는 아코를 줄곧 보고 있었어."

"가, 감사합니다."

그렇게 말한 아코가 문득 깨달았다.

"그럼 왜 거절한 건가요?!"

"무서웠거든."

"무서웠다니…… 아, 제가 여자아이가 아니었을 때, 말인가요?"

좋은 추리입니다.

하지만 그게 아니라—.

"아코를 좋아하지 않게 되는 게 무서웠던, 거겠지."

"좋아하지 않게 된다……?"

"그때까지의 관계라면 줄곧 친하게 지낼 수 있다는 자신이 있었어. 하지만 결혼해서, 좀 더 사이가 깊어지면, 이것저것 듣게 되잖아."

실은 남자였다는 것도 있겠지. 하지만 그것 말고도 이것저것 있다.

"여자였다고 하더라도, 엄청 연상이라거나, 엄청 연하라거나, 현실에서는 결혼해서 실은 아이가 있다는 경우도 있을 수 있잖아?"

"여러 사람이 있으니까요."

온라인 게임을 플레이하는 주부도 꽤 많으니까 충분히 있을 법한 이야기라고.

"그런 걸 알게 되었을 때, 그럼에도 아코를 좋아할 수 있을지 자신이 없었어. 자기가 좋아하는 사람하고 서로 마음을 나눴는데, 그런데도, 그런 일이 생기면⋯⋯."

그야말로 은퇴를 생각해버릴 정도다.

"그래서 아코의 프러포즈를 거절한 거야. 하지만 정말 기뻤고, 나도 좋아했었어."

지금까지 말하지 못했던 것을, 겨우 말했다.

죄책감과 함께, 조금 개운해진 기분이 들었다.

"⋯⋯정말인가요? 그때부터 저를 좋아해 준 건가요?"

아코는 조심조심, 이라는 표정으로 나를 바라봤다.

"정말이야. 그때부터 아코를 무척 좋아했어."

"⋯⋯."

"저기, 아코?"

아코가 부들부들 떨었다.

어, 괜찮아? 화났어?

"루시아아아아안~!"

"우와아아아아악?!"

갑자기 눈물을 펑펑 쏟으면서 달려들었잖아!

"왜, 왜 그래? 아코?!"

"루시안! 저!"

내 품에 달라붙은 아코는 엉엉 울었다.

"줄곧 불안했었어요! 저를 좋아하지 않는 건가 해서!"

"좋아한다고 전부터 그랬잖아!"

"언제부터 좋아했었는지는 말하지 않았잖아요!"

"윽!"

그건, 응, 그랬지.

"그래서 처음에는 좋아하지 않았던 것 같아서…… 왜 좀 더 빨리 말해주지 않았던 건가요!"

"그야 저기, 그건, 말이지?"

"뭔가요?"

"봐봐, 예를 들어 호감도로 생각하면, 아코의 나를 향한 호감도는 100점 만점에……."

"300점 정도예요."

"나도 지금은 그 정도, 아니, 그 이상이야!"

■니시무라 히데키 호감도 360/100 텐션 100 ★공략 완료!

이런 느낌이겠지.

"근데 아코가 프러포즈를 했을 때는, 호감도가 어느 정도였어?"

"200 정도였어요. 분명 거절당할 줄 알았지만, 좋아한다는 마음이 넘쳐흐를 정도여서요."

큭, 그랬었지.

싫어하게 되면 어쩌지, 같은 생각을 하며 내가 발을 내딛지 못한 반면, 아코는 성큼성큼 들어왔으니까.

"그런 아코와는 달리, 당시의 나는 불안한 마음에, 호감도 100 정도의 느낌이었어. 즉, 그때는 아코에게 지고 있었던 거야! 그걸 들키다니, 싫잖아!"

"그런 이유였던 건가요?!"

그야 그렇지!

"지금은 지고 있지 않은데, 당시에는 지고 있었다면 분하잖아!"

"지금도 제가 루시안을 더 좋아하거든요?!"

"아니, 내가 아코를 더 좋아하거든?!"

나도 아코도 이것에 대해서는 양보할 수 없을걸!

"그보다 이런 건, 먼저 좋아하게 된 쪽이 지는 게 보통 아닌가요?!"

"아니, 사랑이 강한 사람 쪽이 더 위야."

"저도 그렇게 생각하지만요!"

그렇지? 그럼 우리 사이에는 그걸로 충분하잖아.

"그런 걸로 치자고."

"우우, 좀 더 빨리 말해줬으면 했어요."

"그것도, 미안."

정말로 미안하다고 생각하고, 무엇보다 감사하고 있다.

"그러니까, 미안. 그리고, 고마워. 이럴 수 있었던 건 아코가 노력해준 덕분이니까."

아코가 터무니없는 짓을 해서 정말 이것저것 고생하고 있다.

하지만 그 이상으로 매일이 즐겁고, 행복한 것은, 아코가 노력해준 덕분이다.

이렇게 말해버리면 이제 아코에게 고개를 들지 못하게 될 것 같아서 좀처럼 말하지 못했다.

"에, 에헤헤헤헤."

아코가 헤벌쭉 웃으며 행복한 듯이 말했다.

"루시안도, 저를 좋아해줘서 고마워요."

"아니아니, 나야말로."

둘이서 서로 고마워했다. 뭐야, 이거.

그때 아코가 고개를 숙인 뒤에 살짝 고개를 갸웃하며 물었다.

"저기, 루시안. 그렇게 무서웠는데, 왜 저랑 결혼해준 건가요?"

그건 말이지…….

"아코를 좋아한다는 마음이, 어차피 여자아이는 아니겠지! 라는 마음보다 강해져서, 억누르지 못하게 됐으니까."

"제가 너무너무 좋아서 참지 못하게 되었다는 거네요!"

에잇, 그렇게 히죽히죽 웃지 마! 의지력이 약해서 미안하게 됐네!

"저는 좀 더 의지력이 약한데요. 루시안이 너무너무 좋아서 참을 수 없게 돼서, 무심코 키스를 해버렸을 정도고요."

아코가 싱글벙글 나를 올려다봤다.

키스…… 키스, 라…….

"……"

"루시안?"

슬며시 휴대전화를 꺼내봤다.

이곳에 도착하기 전에 보낸 메시지에, 답장이 와 있었다.

【니시무라】보고. 타임 어택은 성공했지만, 굳이 비와호로 왔어.

【애플리코트】그런가. 잘 됐군.

【애플리코트】나는 너희의 선택을 존중한다!

그렇게 말해주니 고맙네.

마스터는 누구보다도 포인트 획득에 힘써주고 있는데.

【애플리코트】여기서 현재 정보다!

【애플리코트】■타마키 아코　　호감도 371/100 텐션 100 ★공략 완료!

【애플리코트】■고쇼인 쿄우　　호감도 97/100 텐션 100

【애플리코트】■세가와 아카네　　호감도 97/100 텐션 100

【애플리코트】■아키야마 나나코　호감도 80/100 텐션 100

모두의 텐션이 최고조로 올라갔다.

타임 어택에 성공했지만, 그럼에도 수학여행을 마음껏 즐기는 걸 선택한, 그야말로 이상적인 상태다. 이 이상은 바랄 수 없다.

【애플리코트】그리고 이게, 서포마의 마지막 일이다!

【애플리코트】★선택지

【애플리코트】●

【애플리코트】●

【애플리코트】●

텅 빈 선택지를 보고, 순간 잘못 보낸 건가 싶었다.

아니, 이건 그런 게 아니네.

여기까지 왔으니 선택지 같은 건 없다고, 그렇게 말하고 있는 거다.

【애플리코트】네게 필요한 건 이것뿐이겠지.

【애플리코트】굿 럭.

대답을 보내지 않고 휴대전화 화면을 껐다.

줄곧 말하지 못했던 걸 말했다. 사과했고, 감사도 전했다.

아코도 평소보다 더욱 기뻐했고, 행복한 것처럼 보인다.

지금 이상의 타이밍은, 수학여행 중에— 이렇게 한정할 필요도 없을 만큼, 두 번 다시 오지 않을 거다.

"야, 아코."

"네, 네?"

휴대전화를 보면서 굳어져 있던 나를 의아한 듯이 보고 있던 아코에게 한 발짝, 두 발짝 다가갔다.

"나와 키스했다— 그렇게 말했었지?"

"네. 루시안이 잠든 뒤에, 몰래 했어요."

"안 돼."

"……네?"

"그건 안 돼. 취소. 인정할 수 없어."

"인정하지 않는다고 하셔도! 제대로 했거든요?!"

"그렇게 내 의식이 없을 때 한 키스는 키스라고 말할 수 없습니다! 노 카운트!"

"그럼 제 퍼스트 키스는 어떻게 되는 건가요~!"

그야 당연한 거지.

"그건, 지금부터 할 거야."

"──?!"

아코의 얼굴이 화악 붉게 물들었다.

일방적으로 키스하거나, 하려고 하던 주제에, 이런 타이밍에서는 쑥스러워하는 건가. 에잇, 귀엽잖아!

"지, 지금부터라니, 그건, 제대로 키스를 해준다는 의미로 봐도 되는 건가요?"

"아코."

"기대만 하게 해놓고 역시 안 된다거나, 뺨에 하고 나서 『자, 키스했다~』라는 건 안 되거든요?!"

"아코."

"······네?"

"눈, 감아."

"~~~~!"

기대했다가 배신당하면 상처받으니까 일부러 분위기를 망가뜨리려는 아코의 마음, 나도 잘 안다.

그러니 쓸데없는 소리는 하지 않겠어.

"······하, 하시죠!"

눈을 꼬옥 감은 아코가 살짝 고개를 들었다.

그 뺨에 손을 대고, 천천히 다가갔다.

자, 키스를…… 키스를…….

"……."

잠깐만. 미안하지만 잠깐만.

한다, 한다고, 한다한다.

키스는 할 거야. 반드시 할 거야.

하지만, 여기서 어떻게 하는 거였더라?

키스는, 입과 입을 맞대기만 하면 되는 거지? 내 숨결, 입 냄새 같은 거 괜찮았던가? 고약하지 않나? 아침에는 뭘 먹었더라? 아, 타임 어택을 하는 바람에 안 먹었었지. 그럼 괜찮을까? 반대로 아무것도 먹지 않았으니까 냄새나거나 그러진 않나? 아니, 아코도 마찬가지니까 분명 괜찮겠지. 근데, 나도 눈을 감아야 하나? 하지만 그러면 거리를 못 잡겠지? 그럼 나는 이대로 눈을 뜨고, 그리고 여기 있는— 여기 있는—.

"……."

전심전력으로 키스를 기다리는, 엄청 귀여운 여자아이와 키스를 해야 하나?

잠깐만, 잠깐만 기다려봐. 몇 번이나 기다리라고 해서 미안하지만 잠시 시간을 줘.

아니야, 알고 있어. 「눈, 감아(씨익)」라고 말해놓고 이제 와서 다시 하는 건 무리라는 건 알고 있다고!

하지만 이거 보라고! 애! 진짜 지나칠 정도로 귀엽잖아!

애랑 키스하라고? 해도 돼? 정말로?!

"아, 니시무라, 같—."

"기다려, 아카네! 쉬잇~!"

"뭐…… 아, 잠……."

"안 돼, 방해하지 마~!"

게다가 뒤에서는 많이 들어본 목소리가~!

세가와하고 아키야마가 이쪽으로 와버렸어! 친구가 지켜보는 와중에 퍼스트 키스라니 무리잖아! 이렇게 되지 않도록 비밀로 하고 있었는데!

아아, 이제 뭐가 뭔지 잘 모르게 됐다.

나는 어떻게 해야 하지? 역시 없었던 걸로 해버리면 되나?

뒤로 빙글 돌아서, 방해하지 마~! 라고 외치면, 그걸로 얼버무리며 이야기를 끝낼 수 있다.

응, 그렇게 하자.

이성은 그렇게 해야 한다고 전력으로 말하고 있다.

그렇기에—.

눈앞의 아코를 향해, 얼굴을 확 내밀었다.

"…………읏!"

내 숨결을 느꼈는지 아코가 움찔 떨면서 더욱 몸을 굳혔다.

그걸 풀어주듯이 어깨에 손을 댔다.

과거에 경험해 본 적이 없을 만큼 그녀의 얼굴이 가까이 있다. 약간의 땀 냄새와, 달콤한 아코의 향기가 나를 감쌌다.

　이성은 그만두라고 외친다. 수치심 탓에 도망쳐버릴 것 같다.

　하지만, 그런 건 대단한 문제가 아닌 것 같았다.

　왜냐하면 아코가 좋아서, 좋아서 참을 수 없다.

　무슨 일이 있더라도, 절대로 놓칠 수 없어!

　타오르는 열광과, 얼어붙는 긴장감 속에서, 나와 아코의 거리가 한계를 넘었다.

　나의 입술이—.

　아코의 입술에—.

　닿았다.

　"……으응."

　"…………아."

　서로의 입에서 약간 목소리가 새어 나왔다.

　나와는 다른, 놀랄 만큼 매끄러운 감촉.

　나보다도 훨씬 작은, 여자아이의 입술.

　그래, 이게 아코구나.

　"…………."

　"…………."

　살짝 얼굴을 떼자, 새빨개진 아코가 조심조심 눈을 떴다.

　그렁그렁한 눈동자에 놀라움과 기쁨이 들어찬 표정으로 물었다.

"지, 지금, 정말로 했죠?"

"했어. 했지만…… 싫지는 않았, 지?"

"네! 무지무지, 행복해요!"

그거 다행이군요.

하지만 아코, 너보다도 내가 더 행복하다는 자신이 있다고.

마침내 키스를 했다는 만족감보다도, 해냈다는 달성감보다도, 행복하다는 기분이 더 크다.

키스는, 이런 거였구나.

―아, 저쪽에도 대응해야지.

"정말~, 드라마 같아~! 좋겠다~! 근사했지? 아카네!"

"저 녀석들, 정말로 해버렸네……."

즐거워하며 다가오는 아키야마와, 질색하는 표정의 세가와.

역시 두 사람도 보고 있었구나.

"들켜버렸나, 우리의 퍼스트 키스가."

"……응?"

세가와가 의아한 듯이 말하며 나한테 딱 달라붙은 아코를 가리켰다.

"너희의 퍼스트 키스는, 아코가 멋대로 해버렸잖아?"

"그건 아니야. 노 카운트. 퍼스트 키스는 바로 지금 했으니까."

"그런 소리를 해도, 사실은―"

"있지, 아코?"

"네에?"

아직 두둥실 떠 있는 아코를 향해 고개를 돌렸다.

"내가 자는 사이에 멋대로 해버렸다는 키스와, 수학여행 마지막 날, 추억의 부두에서 사랑을 속삭이고, 친구가 지켜보는 가운데 한 키스…… 어느 쪽이 퍼스트 키스인 걸까?"

"아, 아아아아아아……!"

마침내 내 의도를 깨달은 모양이다.

아코는 무시무시한 걸 봤다는 듯이 내게서 뒷걸음질 쳤다.

"어째서 이런 좋은 분위기에, 저희답지 않은 엄청 근사한 키스를 했나 했더니…… 설마 루시안, 이걸 노리고……?!"

"큭큭큭. 자, 어때? 아코. 퍼스트 키스는, 언제지?"

"그, 그건, 그건……!"

아코는 잠시 끙끙대며 고민한 뒤, 마침내 꺾였다.

"지금 한 게— 지금 한 게 저희의 퍼스트 키스예요!"

"좋았어! 이겼다아아아아아아!"

해냈어! 나는 해냈어! 마스터!

저 고집불통 아코를 꺾고, 퍼스트 키스의 추억을 덧씌웠다고!

"퍼스트 키스를 다시 하다니, 그게 돼?!"

"협박 같은 설득이었네."

"우리 사이에서 승낙을 받으면 되는 거야!"

아무 문제도 없습니다!

우리의 퍼스트 키스는, 최고의 타이밍에서 이루어졌습니다!

그게 사실입니다!

"이걸로 괜찮아? 아코."

"나중에 아이들한테 들려줄 때, 엄마는 아빠가 자는 사이에 덮쳐서 키스했단다, 라고 말할 수가 없어요……."

"망상이 앞서갔잖아."

꺼림칙한 듯이 우리를 보던 세가와가 어깨를 으쓱했다.

"그보다, 이런 남들 시선이 있는 곳에서는 근사한 키스고 뭐고 없잖아. 나는 그런 바보 커플 같은 건 싫은데."

어, 저기, 세가와, 왠지 화났어?

사과하는 편이 좋을까 싶어 아코와 눈을 마주치던 그때—.

"아~카~네~, 아코한테 화풀이하지 마."

아키야마가 세가와를 뒤에서 끌어안았다.

"화풀이라니 뭐야?!"

"조금 전까지는 기분 좋았으면서, 정말이지."

"왠지 내가 아코를 질투하는 듯한 분위기를 내는 건 그만둬줄래?! 아니거든?! 친구끼리 그런 걸 보면, 왠지 거북하잖아?!"

"어? 굉장히 흥분되는데?"

"나나코의 성벽 이야기를 하는 게 아니잖아!"

"그러니까 내가 변태라는 듯이 말하지 마!"

아키야마 덕분에 기분이 풀어진 모양이다.

위험할 뻔했다. 반성해야겠어.

"세가와의 말이 맞네. 앞으로는 남들 눈에 거슬리지 않는 곳에서 하자. 어디까지나 절도를 지키는 교제가 중요하지!"

"네에엣?! 앞으로는 뭐든지 할 수 있다! 라고 생각해서 두근두근했는데요!"

"뭐든지 하지는 않아!"

정말로 멈출 수가 없게 되잖아!

나도 아코도 자제심이 없는 편이니까, 제대로 억제하지 않으면 위험하다고!

"이크, 맞다. 제대로 보고해봐야지."

【니시무라】미션 컴플리트.

마스터에게 임무 완료 보고를 보냈다.

걱정하고 있었는지, 마스터의 답장은 바로 돌아왔다.

【애플리코트】콩그레츄레이션……!

【니시무라】고마워, 고마워! 서포마!

【애플리코트】잘했다. 모든 건 네 노력의 결과다.

【니시무라】서포마의 서포트가 있었기 때문이야. 감사하고 있어.

맞다. 그 외에도 보고할 게 있었다.

【니시무라】레몬맛은 나지 않았어.

【애플리코트】으음…… 그럼, 어떤 맛이었던 거냐?

뭐냐고 물어도…….

"뭐 하는 건가요?"

"아니, 잠깐."

뒤에서 안긴 아코의 머리를 툭툭 어루만졌다.

"행복의 맛은, 어떤 맛일까 싶어서."

"루시안의 맛이 아닐까요?"

이 녀석, 조금 전에는 그렇게 쑥스러워 해놓고, 이럴 때는 만면의 미소로 말한다니까.

하지만, 그래. 그럴지도 모른다.

첫 키스는 레몬맛이 아니었다. 두 사람 모두 땀을 흘렸으니, 혹시 조금 짠맛이 났을지도 모른다.

하지만 그런 사실이 중요한 게 아니라—

【니시무라】굳이 말하자면— 아코의 맛이 났어.

첫키스는 행복의 맛이었다고, 그렇게 보고를 보냈다.

에필로그

"수학여행은, 즐거웠나?"

And you thought there is Never a girl online?

"저기, 이번 여행, 저는 엄청, 최고로, 즐거웠, 는데요!"

허억허억 숨을 내쉰 아코가 더듬더듬 말했다.

"왜, 마지막의 마지막에, 이렇게, 되는, 건가요오오오오오!"

"외치면 숨이 끊어진다고, 잠자코 달려!"

도쿄행 신칸센이 출발하기 직전, 우리는 교토역을 향해 필사적으로 달렸다.

그게~, 나도 말이지, 이걸로 이번 여행은 해피 엔딩이네~ 라고 생각했었다고. 하지만 잘 생각해보니 아니었어!

왜냐하면 나와 아코가 멋대로 만족했을 뿐, 오히려 목표는 달성하지 못했으니까!

"모두 함께, 아슬아슬하게, 달라붙어 있었으니까!"

"인터넷 카페의 효율이, 너무 좋았던 게, 원인이야!"

"제대로, 로그인, 하는 거, 오랜만, 이었으니, 까요!"

"할당량, 아슬아슬하게 무리였네!"

"450, 까지가, 한계였어!"

모두 함께 비와호 관광을 즐긴 뒤—.

아직 시간이 남았는데 어쩔까 고민하고 고민한 끝에 찾아간 곳은, 결국 인터넷 카페였다.

거기서 어떻게든 포인트를 벌려고 노력했지만, 아슬아슬하게 실패하고, 조금 부족한 타이밍에 신칸센 시간이 되어서, 지금 이런 꼴이 된 거지!

"신칸센이 출발할 때까지 앞으로 20분! 교토역은 눈앞이야! 안 늦었어, 안 늦었어!"

"이 여행, 달리기만, 하네요오오!"

"이런 것도 추억이야!"

"이런 추억, 필요 없어요! 이제 무리~!"

"자, 손잡아줄 테니까! 조금만 더 힘내!"

"반대쪽 손, 내밀어! 같이 잡아줄게!"

"그럼 난, 아카네하고 손잡을래~!"

넷이서 손을 잡고 혼잡한 교토역 앞을 달렸다.

죄송합니다, 죄송합니다, 시간이 없다고요!

"집합장소, 저 위쪽이잖아! 세이프! 세이프!"

교토역의 커다란 계단을 올라갈 때, 위에서 목소리가 들렸다.

"세이프가 아니야! 네 사람 다 서둘러~!"

"우오오오오오!"

"라스트 스퍼트!"

"다들 힘내~!"

"겨, 겨우…… 골~!"

좋았어, 안 늦었다!

우리, 무사히 돌아왔다고!

"오…… 오오."

먼저 와 있던 아이들이 손을 잡고 들어온 우리에게 손뼉을 짝짝 쳐줬다.

오, 오래 기다리게 해서 미안합니다. 아니, 정말로…….

"정말~ 골이 아니잖아? 집합시간보다 10분 지각했거든?"

"신칸센에는 늦지 않았으니까, 봐주세요."

"이제 못 달려요~."

"오늘은 오랜만에 달리기만 했네."

"그런 무모한 일정을 짜서 그렇잖니. 정말이지…….

선생님이 숨을 헐떡이면서 주저앉은 우리에게 다가왔다.

"입장상 이런 말을 하면 안 되지만."

그리고 웃으면서, 작은 목소리로 말했다.

"지각할 정도로, 마음껏 즐겨줘서 다행이다냐. 다들 수고 많았어."

"이쪽이야말로…… 웁…….

"선생님이 이것저것 준비해준 거, 꽤 즐거웠어…….

"그건 참 잘 됐다냐."

고양이공주 퀘스트는 우리의 추억 만들기에 크게 공헌해주었고, 선생님에게 자랑할 수 있을 만큼 노력하자는 생각도 할 수 있었다. 고마워요, 선생님.

"그럼 어서 신칸센에 타자."

"타요~."

"아아, 잠깐 기다려."

선생님은 힐끔 시계를 보면서 초조한 표정으로 지도와 휴대전화를 노려보는 요시쌤을 가리켰다.

"너희 말고도, 아직 세 조가 오지 않았어."

"진짜로요?!"

"시간에 맞출 수 있나요……?"

"……수학여행은, 선생님에게도 큰일이란다…….'

아니, 정말로, 수고 많으십니다.

"참고로 그중 한 반은, 5반의 다른 한 조야."

"타카사키?! 맞츤~?!"

"카오리도?!"

"사쿠라는?! 어째서?!"

"아까운 사람들을, 잃고 말았네요……."

가장 늦었던 조가 신칸센에 올라탄 것은 출발 1분 전의 일이었지만, 아무튼 무사히 교토를 출발했다.

갔을 때와 반대의 여정을 거쳐서, 예정보다 조금 빨리, 하지만 해가 떨어진 새까만 시간에 마에가사키 고등학교에 도착했다.

"마지막에 조금 위험한 상황도 있었지만, 전원 무사히 돌아올 수 있어 다행이다! 하지만 지금부터, 지금부터 집으로 돌아갈 때 사고가 일어난 사례도 있다! 마지막까지 긴장 풀지 말고, 확실하게 집으로 돌아가는 거다! 알겠나! 이상, 해산!"

　요시쌤의 노성을 끝으로 해산식이 끝났다.

　우리의 수학여행은 이걸로 끝을 고했다.

　"좋았어, 수고했어~."

　"이야~, 풍성한 수학여행이었네."

　"에헤헤헤헤."

　"아코, 뭘 떠올렸는지는 알겠지만, 침 흘리지 마."

　신칸센이 출발하는 것과 동시에 LA는 점검에 들어가서, 돌아가는 길에서는 퀘스트를 할 수 없었다.

　우리는 500포인트를 벌어야 했지만, 마지막 인터넷 카페 부스트를 발동했음에도 450밖에 채우지 못했다.

　"결국 포인트는 부족했네."

　"열심히 해준 마스터와, 수학여행 중에도 할당량을 달성해준 선생님에게 미안하네."

　"보고는 해놨어. 무사히 돌아왔다고."

　【아카네】무사히 돌아왔어. 미안, 할당량은 무리였어!

　단체방에 세가와의 채팅이 표시됐다.

　평소라면 답장이 빠른 마스터인데, 어째서인지 전혀 응답이 없었다.

　"바쁜 걸까?"

　"밥이나 목욕 아닐까요?"

　"……저기저기."

그때, 아키야마가 학교 한쪽을 가리켰다.

"저기, 우리 부실 아냐?"

마에가사키 고등학교 주차장에서 보이는 학교 모습은, 주로 부실들이다.

그 한쪽, 커튼으로 가려진 부실 안에서, 불빛이 새어 나오고 있었다.

확실히 저 부실은, 현대통신전자 유희부의 부실, 맞지?

"혹시, 쿄우 선배, 저기에⋯⋯."

"서, 설마~?"

"그, 그래도, 일단 가볼까?"

"네, 넷!"

짐과 선물을 다시 들고, 하교하는 동급생들과 헤어져서 부실로 향했다.

인적이 없는 복도, 그 안쪽에 있는 부실 문을 열자―.

"⋯⋯."

그곳에는 키보드에 엎어져서 새근새근 숨소리를 내는 마스터가 있었다.

와아, 진짜로 있었어. 게다가 곯아떨어졌잖아.

"얼마나 열심히 한 거야, 마스터."

"우리가 인터넷 카페에 있을 때도 말없이 돌고 있었으니까."

"마스터, 어째서 이런 일이⋯⋯."

"사, 살아있거든?"

하지만 아침까지 부실에 내버려 둘 수는 없으니, 깨우는 편이 좋을까.

살짝 다가가서 어깨를 건드리려 하던 그때—

"……어라?"

컴퓨터 화면에 레전더리 에이지 창이 열려 있었다.

그것도 점검으로 강제 로그아웃된, 그 상태의 화면이었다.

아마 여기서 힘이 떨어진 거겠지.

단지, 거기에 표시된, 현재 이벤트 포인트가—

"이벤트 포인트가 3001……?"

"뭐?"

"어떻게 된 거야?"

몇 번을 봐도 변함이 없었다.

길드 앨리 캣츠, 【엘더즈 로드 ~천공의 이정표~】 획득 포인트는, 3001.

"포인트, 채웠어!"

"네에엣?! 실패한 거 아니었나요?!"

"마지막, 50포인트가 부족했잖아?!"

"아무렴 어때, 채워졌는걸! 해냈다, 선배! 클리어했어!"

"흐억?!"

아키야마가 끌어안자 마스터가 흠칫하며 몸을 떨었다.

그리고 비틀비틀 일어나더니, 우리를 돌아보며 웃었다.

"오오, 무사히 돌아왔군. 잘 됐구나."

"마스터, 그 눈은 뭔가요!"

우와아아, 엄청난 다크서클이……!

얼마나 잠이 부족하면 그런 얼굴이 되는데?!

"얼마나 주회를 돈 거야, 마스터!"

"할당량대로다, 무슨 소리냐."

"할당량대로라면 포인트가 채워질 리가 없잖아!"

"그래도, 50포인트 부족했었잖아요……?"

우리가 인터넷 카페로 뛰어든 것은 이벤트 종료 직전이었고, 그 단계에서 50포인트가 부족했다.

그건 전부 우리의 할당량이었고, 그 탓에 실패한 줄 알았는데…….

—아, 그렇구나. 알았다.

"마스터, 퀘스트 아이템의 여분을 모아두고 있었구나!"

"음."

마스터가 뜨끔하며 표정을 굳혔다.

"여분이라니, 무슨 소리야?"

아키야마가 의아한 듯이 묻자, 멈춘 화면에 표시된 인벤토리를 가리키며 대답했다.

"이 이벤트는 말이지, 퀘스트로 획득한 아이템을 NPC에게 납품해서, 그걸로 포인트가 쌓이는 거야. 그러니 퀘스트 아이템을 모아두고 단번에 납품할 수도 있어."

"아, 그렇구나."

아키야마가 손을 탁 두드렸다.

"쿄우 선배, 우리가 할당량을 달성하면 클리어할 수 있도록 포인트를 조정하고 있었구나!"

"그래서, 아슬아슬하게 저희가 실패했으니까—."

"모아둔 분량을 넣어서, 아슬아슬하게 클리어, 인 거지."

"들켜버렸으니 어쩔 수 없군."

마스터는 후우, 하고 숨을 내쉬었다.

"너희가 할당량을 달성해서 무사히 클리어하는 게 이상적이긴 했다만. 내 몫을 납품한 뒤에는 보고하지 않고 온존해두고 있었다."

"그거라면 빨리 말해줬어야지. 마지막에 달리지 않을 수 있었는데……."

"아니, 예비를 투입했어도 이 포인트는 아슬아슬했지. 모두의 노력이 있었기에 가능했던 거다."

마스터는 지친 표정으로 미소를 지었다.

이야~, 다행이네, 다행이야.

"저기, 잠깐만 기다려주세요."

휴대전화를 매만지던 아코가 굳은 표정으로 말했다.

"마스터, 이 나흘간 혼자서 550포인트를 번 건가요?"

"우리가 50포인트 부족했으니까, 그런 셈이 되네."

"굉장하네, 좀처럼 할 수 있는 일이 아니야."

"나흘간 55시간이나 주회를 돈 건가요……?"

"······."

듣고 보니 그러네.

한 시간에 10포인트밖에 벌지 못하니까, 시간적으로는 그런 셈이 된다.

"게다가 평범하게 조리부 견학을 가거나, 여기서 부활동을 하기도 했었죠."

"내 상담도 해줬었고."

"수험생이니까, 공부도 하고 있었지······?"

이 사람, 언제 잔 거야······?

아연한 표정으로 바라보는 우리에게 부드럽게 웃어준 마스터가 말했다.

"훗, 사랑하는 너희를 위해서라면, 이틀 철야나 사흘 철야따위, 대단한 문제도 아니다."

"지금 당장! 돌아가서! 자요!"

"너무 무리했어!"

"혼자 돌아갈 수 있어? 집까지 같이 가줄까?!"

"집에 있는 사람, 불러오는 편이 낫지 않을까?!"

"그리 걱정하지 않아도 문제없다고 하고 있건만."

조금 전까지 여기서 곯아떨어져 있던 주제에 무슨 소리야!

우리를 위해서 그렇게 무리하지 않아도 되는데!

"그런 것보다, 모두에게 묻고 싶은 게 있다."

"뭔가요? 선물은 사왔는데요?"

"오오, 고맙구나."

USO에서 사온 포와링 봉제인형(중)을 받은 마스터는 우리를 돌아봤다.

"대답해줬으면 하는 건 하나뿐이다. 이걸로 내 노력이 헛수고였는지 아닌지 정해지지."

지친 표정 속에서 강한 의지를 담아, 마스터가 입을 열었다.

"너희들…… 이 수학여행은, 즐거웠나?"

"……그건."

즐거웠느냐고 묻는다면―.

여러모로 예상 밖이었던 일이 있었다. 생각처럼 되지 않았던 일도 많았다.

마지막의 마지막에 지각도 했고, 마스터가 무리하게 만들기도 했다.

하지만, 그래도―.

"뭐, 그렇지."

"그렇죠."

"그러게."

"그치?"

넷이서 짧게 끄덕인 뒤에 나온 대답은 같았다.

여러 일이 있었지만, 이 수학여행은, 틀림없이―.

"최고로, 즐거웠어!"

이게 대답이다.

"그렇군. 그렇다면……."

마스터는 우리의 대답을 듣고, 만족스럽게 웃었다.

"내게, 후회는…… 없다……."

그리고는 책상 위에 털썩 쓰러졌다!

"잠깐, 마스터?!"

"그럴 수가, 마스터! 여기서 죽으면 누가 비행선을 만들 돈을 내주는 건가요!"

"살아있다니까!"

"그보다 돈은 전원이 내는 거야!"

"미안, 열두 시간 정도면 된다. 자게 해다오……."

"길어?! 이런 곳에서 얼마나 잘 생각이야!"

"집에서, 집에서 자자? 선배, 집으로 돌아가자?"

"새근……."

"입으로 새근~ 이라고 하지 마! 어울리지도 않은 짓 하지 말고, 일어나!"

우리의 수학여행은, 마지막까지 떠들썩하게 끝났다.

하지만 분명하게, 가슴을 펴고 말할 수 있다.

이건 최고의 수학여행이었다.

전략 채팅에 침입합니다.

오랜만입니다. 혹은 우연히 이 페이지가 펼쳐져 있는 걸 보신 분들이 있다면, 처음 뵙겠습니다.

키네코 시바이입니다.

『온라인 게임의 신부는 여자아이가 아니라고 생각한 거야?』도 마침내 Lv.15가 되었습니다. 레벨이 꽤나 올라갔다고 생각할 수 있는 단락의 레벨이네요. 저도 이 시리즈가 이렇게나 권수가 쌓이게 된 것을 무척 기쁘게 생각하고 있습니다.

그런 Lv.15에서, 제가 해왔던 게임에서는 어떤 일이 일어났을까 돌이켜봤습니다.

어느 게임에서 Lv.15가 되었던 무렵. 저는 온라인 게임 인생 최초로 레어 아이템이라는 걸 입수했습니다. 초보자가 손에 넣을 수 있는 것 중에서는 비싼 아이템으로, 근처에서 싸우던 사람한테도 『축하!』라는 채팅이 날아올 정도였습니다.

좋아, 이걸 팔면 원하는 무기를 살 수 있어! 하고 의기양양하게 팔러 갔던 저는, 『삽니다』라는 채팅을 보낸 사람에게 레어 아이템을 팔고, 최고의 소지금에 한껏 들떠서 노점을 둘러보다가— 깨달았습니다.

그 레어 아이템이, 제가 팔았던 가격보다 세 배나 비싸게 팔리고 있었던 겁니다.

시장조사는 확실하게 해야겠다고 진심으로 통감했습니다.

전략 채팅 탈출합니다.

전략을 생각하는 걸 포기하면서, 감사의 멘트를—

일러스트의 Hisasi 씨. 언제나 근사한 일러스트를 그려주셔서 감사합니다. 여기에 일러스트를 그려줬으면 좋겠다! 라고 생각하면서 글을 쓰는 것이 매번 즐겁습니다.

민폐를 끼치고 있는 담당님. 아니, 정말 진짜로 면목이 없습니다. 죄송합니다!

코미컬라이즈의 이시가미 카즈이 씨. 매번 즐겁게 읽고 있습니다. 작업의 폭도 넓어서 바쁘시리라 생각합니다만, 앞으로도 잘 부탁드립니다.

마지막으로 독자 여러분. 여기까지 시리즈가 이어지고 있는 건 여러분의 힘 덕분입니다. 정말로 감사합니다. 아무쪼록 앞으로도 함께해주신다면 감사하겠습니다.

그럼 기회가 된다면 또 뵙도록 하죠.

키네코 시바이였습니다.

안녕하세요. 불초 역자입니다.

이번 권은 수학여행 편이었습니다. 수학여행은 역시 학교 생활 최고의 이벤트 중 하나죠. 일본에서 교토 같은 곳을 가듯이 한국에서도 경주를 가는 등 서로 비슷한 느낌이 있으니까 공감하기도 쉽고요. 한국에서도 일부 학교는 해외로 가기도 한다던데 제가 다니던 학교에서는 제주도가 한계였습니다. 비행기를 탔기 때문에 어느 정도 해외 느낌을 내긴 했었지만요. 지금은 시간이 너무 지나서 아련한 추억으로밖에 남지 않았지만 그래도 재미있었던 기억은 납니다.

사실 저도 간사이로 여행을 간 적이 있습니다. 교토만이 아니라 오사카와 그 주변을 도는 짧은 여행이어서 전부 다 본 건 아니지만, 나라 공원의 사슴이라든가 교토의 킨카쿠지, 키요미즈데라, 산쥬산겐도 같은 곳은 직접 가봤기 때문에 그때 기억이 새록새록 되살아나는 느낌이 나더라고요. 교토는 가보지 못한 곳도 많기 때문에 언젠가 다시 가보고 싶다는 생각도 드네요.

쓰다 보니 작품 이야기는 안 하고 여행 관련 이야기만 했네요. 제가 요즘 사정상 여행을 통 못가다 보니 좀 굶주려서…… 요즘에 루시안과 아코는 워낙 안정적으로 진도를 밟아나가고 있기도 하고요. 키스까지 제대로 했으니 이제 앞을 가로막을 것도 없지 않을까 싶습니다.

그럼 이쯤 하고, 다음 권에서 뵙겠습니다.

온라인 게임의 신부는 여자아이가 아니라고 생각한 거야? 15

초판 1쇄 발행 2018년 12월 10일

지은이_ Kineko Shibai
일러스트_ Hisasi
옮긴이_ 이경인
일본판 오리지널 디자인_ AFTERGROW

발행인_ 신현호
편집국장_ 김은주
편집진행_ 최은진 · 김기준 · 김승신 · 원현선 · 권세라
편집디자인_ 양우연
국제업무_ 정아라 · 김태환
관리 · 영업_ 김민원 · 조인희

펴낸곳_ (주)디앤씨미디어
등록_ 2002년 4월 25일 제20-260호
주소_ 서울시 구로구 디지털로 26길 111 JnK디지털타워 503호
전화_ 02-333-2513(대표)
팩시밀리_ 02-333-2514
이메일_ lnovelpiya@naver.com
L노벨 공식 카페_ http://cafe.naver.com/lnovel11

netoge no yome wa onnanoko zya nai to omotta? Lv.15
©KINEKO SHIBAI 2017
First published in 2017 by KADOKAWA CORPORATION, Tokyo.
Korean translation rights arranged with KADOKAWA CORPORATION, Tokyo,
through Korea Copyright Center Inc.

ISBN 979-11-278-4785-2 04830
ISBN 979-11-278-4218-5 (세트)

값 7,000원

*이 책의 한국어판 저작권은 (주)한국저작권센터(KCC)를 통한
KADOKAWA CORPORATION과의 독점 계약으로 (주)디앤씨미디어에 있습니다.
저작권법에 의해 한국 내에서 보호를 받는 저작물이므로 무단전재와 복제를 금합니다.

*잘못된 책은 구매처에 문의하십시오.

©KAZUTOSHI MIKAGAMI 2017　ILLUSTRATION: fal maro
KADOKAWA CORPORATION

발할라의 저녁 식사 1~4권

미카가미 카즈토시 지음 | fal maro 일러스트 | 이신 옮김

신계의 부엌 『발할라 키친』의 저녁 준비 시간은 언제나 매우 바쁘다!
말할 수 있는 멧돼지인 나, 세이는 주신 오딘 님의 지명을 받아
이곳의 식사 준비에 도움을 주러 왔어.
—『요리되는 쪽』으로서!
아니, 확실히 내가 「하루 한 번 되살아난다」는
신기한 능력을 갖고 있기는 하지만,
그렇다고 해서 「매일 죽어서 밥이 되어라」라니 너무하지 않아?!
······뭐, 그 덕분에 아름답고 귀여운 발키리 브룬힐데 님 곁에 있을 수 있으니까
모든 게 다 괴로운 건 아니지만 말이지······.
응? 어라? 신계 No.2 로키 님이 어째서 이곳에?
어? 신계에 위기가 찾아왔으니 함께 가자고?!
아니, 나는 평범한 멧돼지인데요으아아아아아아—!

제22회 전격 소설 대상 《금상》 수상작!
신들의 부엌을 무대로 펼쳐지는 『부드러운 신화』 판타지!

© 2017 Hirukuma, Hagure Yuuki,
Natsume Akatsuki, Kurone Mishima
KADOKAWA CORPORATION

저 어리석은 자에게도 각광을! 1~2권

히루쿠마 지음 | 유우키 하구레 일러스트 | 이승원 옮김

「돈도 없고, 여자도 없어!」
풋내기 모험가의 마을 액셀의 (자칭) 지배자인
양아치 모험가 더스트는 주머니 사정이 신통찮았다.
신참 모험가 카즈마 일행이 착착 명성을 쌓아가는 가운데―
더스트는 자작극 사기에 도난품 매매,
귀족 영애를 뜯어먹으려고 획책하는 등,
오늘도 액셀 마을에서 돈벌이에 힘썼다!
그런 와중에 나리라 부르며 따르는 대악마 바닐에게서
「재미있는 미래가 찾아올 것이다」라는 불길한 예언을 듣는데?!

더스트 시점에서 그려지는 조금 음란한 외전이 새롭게 시작!